맛집 폭격

배 명 훈 매 뉴 얼

KB085921

9788956058078

북하우스

일단은 재미!

SF 작가로 시작해서 문단의 경계를 뛰어넘은 작가

"100년 후 한국 문단은 작가 배명훈이 이 땅에 있었다는 사실에
뒤늦은 감사를 표해야 할 것이다."
소설가 박민규

"다른 별에서 써 가지고 온 듯한 서사의 신선함!"
소설가 신경숙

"기성세대의 진부한 독법을 치고 들어오는 젊은 패기의 기상천외한 상상력"
소설가 故박완서

"독창적이고 참신하다. 전혀 새로운 감각의 작가"
소설가 윤대녕

"배명훈은 악인과의 투쟁이 아닌, 악惡과의 투쟁을 다룸으로써
SF의 가장 아름다운 영역을 수호했다."
문학평론가 허윤진

"장르문학이라고는 하지만 SF소설은 작가에게 거대한 관념의 조탁 능력을
요구한다. 논리와 상상력 못지않게. 순문학 못지않게. 나는 배명훈이
그 능력을 가졌다는 사실이 제일 반갑다. 이만한 지성의 소유자가 한글로
장르소설을 써주고 있으니 그저 감사할 따름이다."
영화감독 박찬욱

contents

2005년 과학기술창작문예를 통해 SF 작가로 데뷔한 이후 현재까지
꾸준히 새로운 영역의 새로운 사람들에게 '발굴'되면서 그때마다
활동의 폭을 조금씩 조금씩 넓혀온 작가 배명훈.
그의 작품에서 가장 중요한 키워드는,

바로
재미!

배명훈?

2005년 「스마트D」로 '과학기술창작문예 단편 부문'에 당선되어 작품활동을 시작했다.

2010년에는 「안녕, 인공존재!」로 제1회 문학동네 젊은작가상을 수상했다.

연작소설 『타워』(2009), 소설집 『안녕, 인공존재!』(2010),

동화 『끼익끼익의 아주 중대한 임무』(2011), 장편소설 『신의 궤도 1·2』(2011),

장편소설 『은닉』(2012), 중편소설 『청혼』(2013), 중편소설 『가마틀 스타일』(2014)을

출간했다.

자유로운 창조인 _____

소설가 배명훈

추천 사유

국내 시장에서 가장 팔리지 않는 소설 장르에 속하는 SF분야의 전설로 떠오르는 작가. SF소설이지만 본격문학의 깊이를 지녔기에 몰입해 읽을 수 있다는 평가를 받고 있다. 故박완서 씨와 신경숙 씨가 격찬을 하기도 했다. SF소설은 세계무대에서 성공할 가능성이 더 높기 때문에 언젠가는 그의 흥미진진하고 깊은 '이야기'가 세계 독자들을 감동시킬 것으로 기대되고 있다.

Q 10년 뒤 본인이나 활동분야 또는 대한민국의 모습은 어떻게 바뀌어 있을 것으로 보십니까?

A 본인 : 10년 뒤에도 지금처럼 쭉 재미있게 글을 쓰고 있었으면 좋겠다. 그렇게만 되면 다른 꿈들도 따라서 이루어질 거라고 생각한다.

활동분야 : 종이책이 우선이고 다른 매체가 선택인 환경이 아닐지도 모른다. 이미 다른 매체가 우선이고 종이책은 선택인 상황이 되어 있거나, 혹은 그렇게 변화해 가는 과정 어딘가에 놓여 있을 것이다.

대한민국 : 변화의 속도가 다른 곳보다 훨씬 빨라서, 10년 뒤를 내다볼 수 있는 나라가 아닌 것 같다. 다만 그 변화의 속도는 지금보다 더 빠를 것 같다.

Q 누구나 본받고 싶어 하는 인물들을 마음속에 담아둡니다. 귀하가 닮고 싶은 사람은 누구입니까?

A 진짜로 누구나 그런 인물을 마음속에 담아두는 건지는 잘 모르겠다. 나는 왜 딱 떠오르는 사람이 없을까. 터키 작가 아지즈 네신을 동경한 적이 있지만 닮고 싶은 건지는 잘 모르겠다. 오랫동안 성서에 나오는 예언자들처럼 살고 싶다고 생각했는데, 여기서 예언자는 미래를 알아맞히는 사람이라는 의미가 아니고,

진실을 전하는 사람이라는 의미에 가깝다. 늘 그 생각을 하고 사는 건 아닌데도 소설 속에 자꾸 그런 예언자들이 들어가 있는 걸 발견하곤 한다.

Q 귀하는 과거에 어떤 교육을 받았기에 현재 위치에 이르렀다고 생각하십니까? 또 자녀를 어떻게 가르치고 싶나요?

A 20년 정도를 모범생으로 살았다. 그 공부라는 게 겉보기에는 상상력과는 전혀 상관없이 딱딱해 보이지만, 좀 더 해 보면 완전히 상상력의 영역이라고밖에는 할 수 없는 지점을 만나게 된다. 어떤 학문분야의 최전선에서 벌어지는 논쟁들, 고전들, 아직 가공되지 않은 1차 자료, 그런 것들이 주로 그 지점과 맞닿아 있는 것 같다. 자녀가 생긴다면, 삶은 경쟁부문이 아니라고 가르치고 싶다. "너는 경쟁부문 출품작이 아니란다."

Q 현재에 이르게 된 결정적인 인생의 계기나 또는 정말 잊을 수 없는 순간은 언제입니까?

A 어떤 결정적인 계기보다는 수없이 많은 작은 계기들이 쌓여서 지금처럼 글을 쓸 수 있게 된 것 같지만, 『타워』가 출간되기까지의 과정은 정말로 재미있었다. 책을 만든다는 게 이렇게 재미있는 일이라면 한동안 쭉 계속해도 괜찮을 것 같았다. 그 뒤로는 내가 작가로 머물러 있게 만드는 계기들이 훨씬 많아졌다. 그 작은 계기들이 없어지면 나도 언제든 기억에서 지워질 수 있다고 생각한다. 그래도 계속 소설을 쓰기는 할 것 같다. 누가 나를 작가라고 불러주기 전에도, 내 스스로 작가가 되겠다고 마음먹기 전에도 뭔가를 계속 쓰고 있었다.

Q 하시던 일이 막다른 골목에 부닥쳤을 때 마음을 다잡게 하는 대상이 있다면 무엇입니까?

A 충분히 연습이 되어서 익숙해진 부분에 기대지 않고, 아직 잘 못한다고 생각되는 부분을 좀 더 연습하려고 애쓴다. 나도 자신 있고 독자들도 확실하게 반응을 보이는 이야기에 안주해서 그 이야기를 중심으로 내 영역을 서서히 확장해 나가기보다는, 사람들을 실망시킬 각오를 하고 내가 생각하기에 좀 더 연습이 필요하다고 생각되는 부분을 더 오래 붙들고 있을 계획이다. 언젠가는 연습보다는 완성도를 우선으로 하는 방식으로 바꿔야겠지만, 10년 뒤 정도까지는 지금과 별로 다르지 않을 것 같다.

−기사 제공 동아일보

사용설명서

Caution! 사용하기 전에 _____

1. 작가의 안전을 위한 주의사항

분해하지 마세요. 배명훈의 머릿속을 들여다보고 싶다는 사람들이 자주 목격되고 있습니다. 그러나 배명훈은 한번 손상되면 재생이 불가능한 보통 지구인이므로 절대 분해하지 마시기 바랍니다. (「생산라인 대공개!」 P.14 참조)

2. 사용 전에

출간작 대부분이 감상 목적으로 선별되고 출간되었습니다. 이 과정에서 이미 저자 또는 편집자의 의도가 개입되어 있으므로(가장 중요하게 고려된 기준은 '재미'), 출간된 작품 목록을 통해 배명훈의 작품세계를 분석하거나 기타 연구 목적으로 사용하실 분들은 「작품 목록」(P.16)을 참고하시기 바랍니다.

작품 사용법 _____

1. 형태

진입장벽이 높지 않은 SF, 혹은 장르 구분이 무의미한 것으로 평가되는, 흑색(흰색으로 보이는 것은 종이입니다) 문자들의 조합으로 이루어진 소설들.

2. 특징: 고유의 독창성(Originality)

① **인풋**Input**만 가지고는 도저히 아웃풋**Output**을 예상할 수 없는 특별한 이야기 전개** 배명훈의 작품에서는 투입된 자료와 산출되는 결과물 사이의 관계를 예측하기 어려운 독특한 발상으로 소재와 인물이 연결되고 사건이 진행됩니다. 물론 이것은 모든 작가들의 역할이지만, 배명훈의 이야기 전개 방식은 "한국 작가에서는 절대 나올 것 같지 않은 발상의 새로움"이라는 평가를 받을 정도로 독특합니다. SF 장르의 일반적인 경향으로도 규정하기 어려운 또 다른 전개를 보여주기 때문입니다. 인풋과 아웃풋 사이에서 도대체 무슨 일이 일어났을까요? 바로 그 지점에 배명훈 고유의 독창성이 있습니다.

② **디테일**Detail**에 더 강한 상상력** 창조적 상상력의 관건은 독특한 발상이 아니라 그 발상에 설득력을 더하는 세부묘사입니다. 배명훈이 창조한 세계는 마치 실제로 그런 세계가 존재하는 것처럼 생생합니다. 그래서 종종 머릿속에 뭐가 들었는지 궁금하다는 말을 듣기도 합니다.

③ **작동하는 세계** 세계는 그저 사건이 일어나는 배경일 뿐이라고요? 배명훈 소설에 등장하는 세계가 정교하게 느껴지는 이유는 단지 그 세계가 아주 세세한 것까지 자세히 묘사되어 있기 때문이 아닙니다. 작동하기 때문입니

다. 높이 674층에 상주인구가 50만 명인 건물이 독립국의 자격을 얻었을 때 이 공간은 어떻게 작동할까요? 소설집 『타워』를 통해 많은 독자들이 이 질문에 대한 답을 듣고는 이 세계의 정교함에 빠져들었습니다.

④ **공간의 감성** 우주를 떠도는 장면이 생소하다고요? 해가 지면 밤하늘은 전부 다 우주가 됩니다. 태양이라는 거대한 일상의 눈가리개가 걷히고 나면 우리는 비로소 우리 자신이 단 한순간도 우주 한가운데에 떠 있지 않았던 적이 없었다는 사실을 깨닫게 됩니다. 한국어로만 소설을 쓰는 세계문학 작가 배명훈은 우리가 놓인 공간을 지구로, 세계로, 우주로 확장시켜 우리의 존재가치를 되돌아보게 합니다. 집 밖으로 한 발짝도 움직이지 않고도 경이로운 여행을 경험하게 하는 비결입니다.

3. 효능
① 작가 자신으로부터 '1차 생산된' 독창성이므로 작품 속에 담긴 아이디어가 영감의 형태로 독자에게 직접 전달될 수 있습니다. 일반적으로 배명훈의 영향력은, 독자로 하여금 더 이상 글을 쓰고 싶지 않게 만드는 좌절감 형태의 영향력이 아니라, 영감을 자극해서 다른 창작 행위를 유발하는 것으로 보입니다. 예를 들어, (스스로에게서 비롯된 독창성이므로) 작가 본인이 자기 이야기에 대한 확신을 가지고 이야기를 전개시키는 과정에서 금기의 일부를 깨뜨리는 시도를 하고 그 시도가 설득력을 얻을 경우, '저렇게 써도 되는구나' 하는 메시지가 전달되는 것으로 관측되었습니다. 또한 예술분야의 창작자라면 발상이 떠오르는 순간의 즐거움을 자기 영역 안에서 재현하는 방식으로 동참하게 될 가능성도 있습니다.

② 선물할 수 있는 책. 한국 문학계에는 상대적으로 드문 밝고 즐거운 톤의 소설이므로, 바쁜 사회생활로 인해 자칫 잃어버리기 쉬운 글 읽기의 즐거움을 되찾게 하는 맛있는 글의 역할을 할 수 있으며, 선물용으로도 적합합니다.

4. 용법, 용량
휴대하면서 최대한 빠른 시간 안에 1회 복용한 후 건냉한 장소에 잘 보관했다가 삶이 팍팍해질 때마다 다시 꺼내서 반복 복용할 것.

5. 부작용
혼자서 피식피식 웃음을 흘리거나, 특히 감수성이 예민한 독자의 경우 의자 등 가구에서 굴러떨어질 수 있으니 주위를 잘 살펴가며 복용할 것.

6. 피드백
인터넷에 올리세요. 흔한 이름이 아니어서 작가의 이름이 포함된 글이라면 놓치지 않고 읽을 수 있습니다.

원활한 사용을 위한 재생팁 _____

1. 기본 재생 속도
대부분 정독 속도로 작성되어 있습니다. (단편 하나에 20분 내외) 독자 시스템의 '소리 안 내고 읽기' 모드에서 속독 기능을 모두 해제(OFF)하고 글자 하나하나를 다 읽는다는 기분으로 읽을 때 저자가 의도한 재생 속도에 좀더 가까워질 수 있습니다. 단, '소리 안 내고 읽기' 속도에 맞춰져 있으므로 낭독 속도보다는 빠릅니다.

2. 소설 안에서 새로운 세계가 만들어지는 속도
많은 글들이 일반적인 소설에 등장하지 않거나 현실세계에 존재하지 않는 현상, 과학이론, 법칙, 첨단기술 등을 통해 작품 속에서 현실세계와는 다른 독특한 세계를 구현하지만, 대부분의 글에 완충 필터가 기본으로 장착되어 있어 실제 진입장벽은 평균적인 SF보다 현저히 낮습니다. 이 완충 필터는 독자가 작품에 편안하게 적응할 때까지 새로운 세계가 작품 속으로 유입되는 속도를 최소한으로 유지하여 멀미, 현기증, 두통 등을 예방합니다. 그러므로 독자 시스템에 내장되어 있는 자체 SF 필터를 해제(OFF)해야 필터가 이중으로 작용하지 않습니다.

3. 지식/정보 제공 속도 (되감기, 일시정지 ×)
소설 안에서 새로운 지식이나 정보가 제공되는 속도 역시 기본 재생 속도인 정독 속도에 맞춰져 있습니다. '미세권력연구소' '코스모마피아' 등 생소한 개념이나 용어가 나오더라도 음미하거나 밑줄을 그으며 고민하지 말고 정독 속도에 맞춰서 넘어가시기 바랍니다. 중요한 개념일 경우에는 뒷부분에 다시 등장할 가능성이 높습니다.

생산라인 대공개!

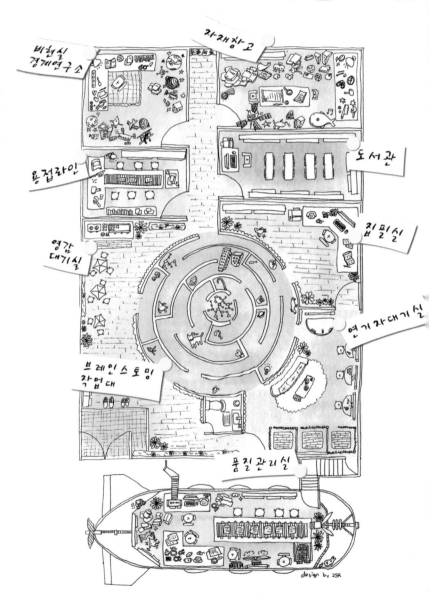

비밀
경제연구소

자재창고

용접라인

도서관

영감
대기실

집필실

연기자대기실

브레인스토밍
작업대

품질관리실

design by 2SR

❶ 비현실 경계연구소
최근에 알레고리 경계연구소를 확대 개편해서 만든 시설. 현실과 가상의 경계에서 이루어지는 의미생산작업이나 독자 반응 필터 등 각종 필터 개발에 관여함.

❷ 용접 라인
완제품이 되지 못한 이야기 덩어리들을 이어붙여서 새 이야기로 만들거나, 완제품에 가까운 덩어리에 새 요소를 집어넣는 곳. 연결 부위를 자연스럽게 하거나 앞뒤 내용의 모순이 없게 만드는 세밀한 공정. 장편 작업에 많이 사용되며 용접이 어려운 경우 브레인스토밍 작업실에서 다시 해체조립과정을 거치면 깔끔해짐.

❸ 영감 대기실
영감님이 나타나는 곳은 주로 브레인스토밍 작업실이지만 집필실, 비현실 경계연구소, 도서관, 자재창고 등 어느 곳이나 출현할 수 있음. 영감님이 나타나시면 그곳에 영감 대기실을 만들고 다른 모든 작업을 일시중지한 다음 영감님의 지시에 따라 작업을 진행함.

❹ 브레인스토밍 작업대
자재창고나 도서관에 쌓여 있는 '이야기-소재-이야기' 형태의 소재들을 모아서 맞춰보는 공간. 주로 무의식 영역에서 작업이 진행되며 가장 흥미로워 보이는 중심소재를 핵으로 삼아 3개월 정도 숙성시키면 이야기의 덩어리가 만들어짐. 의식이 거의 개입하지 않는 자연 숙성 과정. 집필은 한 번에 하나밖에 못 하지만 브레인스토밍은 한 번에 여러 개가 진행. 핵심 작업시설임.

❺ 품질관리실
완제품 혹은 90% 이상 작업이 진행된 제품의 품질을 검사하는 곳. 냉각기를 거친 후에 평가를 진행해야 객관성을 유지할 수 있음. 혹평을 들으면 급속 냉각됨. 외주 인력을 활용하기도 함.

❻ 자재창고
이야기의 원재료나 이야기에 들어갈 각종 부품 및 완제품 형태의 중간생산물들이 공급되는 곳. 1차 가공공장이 포함되어 있는데 이 부분이 투입라인의 핵심. 모든 재료에 짤막한 이야기들을 붙여서 모든 소재를 '이야기-소재-이야기' 형태로 바꾼 후에 보관함.

❼ 도서관
좀더 전문적인 지식이 필요한 경우 집중적으로 관련 분야의 정보를 수집하는 곳. 작업 중인 소재와 상관없이 수시로 새로운 분야의 지식이나 전문분야(전쟁사, 역사, 지리, 우주 관련)에 관한 지식을 모으기도 함.

❽ 집필실
브레인스토밍 작업대에서 60% 이상 완성된 충분한 크기의 이야기 덩어리를 가져다가 완제품으로 조립하는 곳. 2차 가공공장이 포함되어 있어서 비어 있는 이야기나 소재들을 짤막짤막하게 순간적으로 생산해낼 수 있음. 품질검사관이 파견을 나와서 작업 중인 제품을 계속해서 감독하지만 한창 생산 중인 기간에는 품질검사관 역시 작업에 투입되는지 제 기능을 잘 못하기도 함.

❾ 연기자 대기실
등장인물들이 대사나 행동 등을 연습하는 방. 직업훈련실. 분장실 등이 갖추어져 있으며 단순 서비스 직종부터 항공우주 분야까지 다양한 직종의 직업훈련과정이 마련되어 있음. 브레인스토밍 작업대. 집필실 출입이 자유로움. 김은경이 상주하고 있음.(★배명훈의 소설에 유독 자주 등장하는 여주인공)

작품 목록

단행본 _____

『가마틀 스타일』, 은행나무, 2014

『청혼』, 문예중앙, 2013

『총통각하』, 북하우스, 2012

『은닉』, 북하우스, 2012

『신의 궤도 1·2』, 문학동네, 2011

『끼익끼익의 아주 중대한 임무』, 킨더랜드, 2010

『안녕, 인공존재!』, 북하우스, 2010

『타워』, 웅진 오멜라스, 2009

『누군가를 만났어』, 행복한 책읽기, (김보영·박애진 공저), 2007

단편 수록 _____

「누가 답해야 할까?」, 『눈먼 자들의 국가』, 2014

「푸른파 피망」, 『파란 아이』, 2013

「뒷면의 우주」, '문장 글틴', 2013

「홈스테이」, 「유물위성」, 『과학동아』, 2013

「난공불락대작전」, 『한국문학』, 2012

「타이베이 디스크」, 『헬로, 미스터 디킨스』, 이음, 2012

「폭격」, 『한국문학』, 2011

「예술과 충격의 가속도」, 『창작과 비평』, 150호, 2010

「끼익끼익의 아주 중대한 임무」, 『풋』, 2010

「청혼」, 『문예중앙』 복간호, 2010

「변신합체 리바이어던」, '문장 글틴', 2010

「방해하지 마세요」, 『백만 광년의 고독』, 웅진 오멜라스, 2009

「안녕, 인공존재!」, 『문학동네』 61호, 2009

「예비군 로봇」, '네이버 오늘의 문학', 2009

「얼굴이 커졌다」, 『한국환상문학단편선2』, 웅진 시작, 2009

「매뉴얼」,「유, 로봇」, 황금가지, 2009

「조개를 읽어요」,「앱솔루트 바디」, 해토, 2008

「예비군 로봇」,「월간 판타스틱」, 페이퍼하우스, 2008

「록연 」,「한국환상문학단편선」, 황금가지, 2008

「바이센테니얼 챈슬러」,「월간 판타스틱」, 페이퍼하우스, 2008

「인섹트 플라이트」,「월간 판타스틱」, 페이퍼하우스, 2007

「엄마의 설명력」,「잃어버린 개념을 찾아서」, 창비, 2007

「우주로 날아간 마도로스」,「월간 판타스틱」, 페이퍼하우스, 2007

「스윙 바이」,「Happy SF」 2호, 행복한 책읽기, 2006

「모」, 제3회 과학소설창작문예 수상작품집 초청작, 2006

「스마트 D」, 제2회 과학소설창작문예 수상작품집,「과학동아」 12월호, 2005

영화로 보고 싶은

배명훈 소설 BEST 3 _____

1. 은닉

액션 멜로. 첫사랑을 지키려는 킬러와 킬러를 지키는 정보분석가, 그리고 숨겨진 권력자의 딸. 이들을 뒤쫓는 연방 정부와의 첩보전.

2. 누군가를 만났어

코믹 호러. 한국에서 온 고고심령학 연구팀, 중국에서 온 공룡 발굴팀, 일본에서 온 불발된 미사일 탐사팀 등 사막 한가운데 모여든 3국의 탐사팀에게 벌어지는 심령 미스터리.

3. 가마틀 스타일

액션 히어로물. 초강력 레이저 무기를 탑재한 인간형 로봇 가마틀의 고독한 탈주와 그를 뒤쫓는 수사관들의 한국형 액션 활극.

작품 소개

생생한 감각으로 버무려낸
제대로 맛있는 소설!

폭격으로 파괴된 네 곳의 식당

그 네 개의 단서를 잇는

아주 사적인 기억들…

사소한 사고에서 시작된 전쟁의 불길은 몇 달 만에 미사일이 되어 서울 도심을 폭격하고 있었다. 폭격 현장을 조사하던 민소는 무작위로 날아온 미사일에 사라져버린 맛집을 보며 비행기 사고로 실종된 그녀와의 추억을 떠올린다.

"그냥 맛집 하나가 사라졌다고 하기에는
그 식당에 얽혀 있는 기억들이 너무 많았다."

처음에는 우연이라고 생각했으나 다음, 그다음 미사일로 그녀와 함께 다녔던 단골 식당이 폭격된 것을 알게 되자 민소는 혼란을 느낀다. 그리고 네 번째 식당이 폭격되는 현장에서 그는 죽은 줄 알았던 그녀가 자신에게 메시지를 보내고 있음을 확신한다.

다행이었다. 정말로 다행이었다.
바로 그곳에 서 있던 순간, 잊지 않고 미사일을 날려줘서.

별책 부록

♨ 너무 맛있어서 언제 폭격될지 모를 맛집 리스트

※ 저자의 맛집을 보호하기 위한 디코이[1]가 포함되어 있습니다.

하동관 ☠☠☠☠☠

서울 중구 명동1가 10-4
02-776-5656
2호선 을지로입구역 5번 출구에서 도보로 5분
4호선 명동역 6, 7번 출구에서 도보로 15분

어떤 청년이 주전자를 가지고 돌아다니면서 곰탕에 빨간 국물을 넣어주는데, 그런 걸 별로 좋아하지 않아서 거부했으나 주위의 거듭되는 추천에 마지못해 빨간 국물을 허락하고 말았다. 그리고 "바로 그때."[2] 상상하지 못했던 변화가 일어나기 시작하는데……. 새콤하면서도 산뜻하면서도 뭔가 오렌지 향기가 나는 것 같기도 하고, 아무튼 색깔이 빨개진다. 넣는 순간 한 그릇을 더 먹을 수 있을 것 같은 기분이 들지만, 더 시키면 분명히 후회하겠지.

알라딘 ☠☠☠☠☠

서울시 송파구 잠실본동 187-15
02-421-5534
2호선 신천역 3번 출구에서 도보로 5분

지하철역 에스컬레이터, 내 앞에 선 아저씨가 전화에 대고 이렇게 소리를 지른다. "아니, 신촌! 왜 말을 못 알아들어? 잠실 옆에 신촌! 신! 촌!" 길을 가던 시민들은 안타까운 마음에 그만 발을 동동 구르며……

그 문제의 신천역 근처에는 양꼬치집이 여러 개가 있다. 대부분 중국 동북지방 스타일이지만 그중 하나 아랍식 양꼬치를 파는 집이 있으니 그것이 바로 이 집. 그 동네에 있는 그 많은 양꼬치집들이 바로 이 집 하나 때문에 비로소 완전해진다면 지나친 표현일까. 유라시아 초원 전체에 광범위하게 펼쳐져 있었을 이 보편적인 음식의 진정한 화룡점정.

---

1) 『은닉(Decoy)』 참조.

2) 동화책 『끼익끼익의 아주 중대한 임무』에서 제일 마음에 드는 대목이, 사브낙사브낙도 더름더름도 쿠글쿠글도 아닌 "바로 그때"였다던 어느 어린이 독자를 떠올리며.

코젤다크하우스

서울 광진구 구의동 252-77
02-456-0910
2호선 구의역 1번 출구에서 도보로 5분

체코는 맥주가 맛있다. 많은 사람들이 맥주는 체코를 최고로 꼽곤 하는데, 아름다운 중세 성들이 많은 나라이기도 하지만 한겨울에는 너무 추워서 그런지 문을 열지 않는다는 사실. 딱히 할 일도 없어서 별 수 없이 이집 저집 다니며 한 잔씩 한 잔씩 맥주를 홀짝거리곤 했는데,[3] 한국에 들어온 체코 맥주 중에 생맥주와 병맥주의 맛이 제일 비슷했던 코젤 맥주를 즐겨 마시곤 했다. 그러던 어느 날 우연히 맛집을 검색하다 코젤 생맥주를 파는 곳이 있다는 것을 알고 한달음에 달려간 곳. 분위기는 전혀 체코스럽지 않다. 심지어 소주를 마시는 사람도 쉽게 찾을 수 있는 동네 호프집 분위기. 맥주도 의외로 비싸지 않다. 하지만 체코 맥주는 배신하지 않는다. 그야말로 낭중지추.[4]

서울역 푸드코트 돈까스

서울시 용산구 동자동 43-205
02-362-4164

서울역 푸드코트는 눈치 안 보고 혼자 밥 먹기 좋은 곳. 식사시간이 아닌 때 가도 좋고, 혼자 가서도 위축되지 않고 먹고 싶은 걸 마음껏 먹을 수 있다. 그리고 손꼽히는 맛집은 못 돼도 의외로 맛있는 걸 많이 팔기도 한다. 푸드코트에 들어서면 바로 정면에 돈까스 집이 보이는데 언제나 인기가 많은 편. 한때 세상에서 제일 맛있는 음식인 줄 알았던 돈까스가 혼자 다 먹기 부담스러울 만큼 푸짐하게 나온다. 가격이 찔끔찔끔 올라서 안타까울 따름. 원고료가 돈까스 값에 연동되어 있으면 얼마나 좋을까.

---

3) 워낙 할 일이 없어서 『은닉』을 구상하기도 했다.

4) 다른 데서는 작가가 자기 책 주제를 다른 데서 말하는 것처럼 이상한 것도 없다고 쓰곤 하지만, 사실 이거야말로 『은닉』의 주제 중 하나.

미타니야

서울 서초구 서초동 1685-8 센트럴플라자
02-535-6001
2호선 교대역 4번 출구에서 도보로 5분

카츠동은 세상에서 제일 맛있는 돈까스를 밥에 얹어 먹는 요리. 좋아하지 않을 수가 없는데 의외로 이걸 맛있게 하는 집을 찾기는 쉽지 않다. 부지런하고 맛집 좋아하는 사람들에게는 쉬운 일이겠지만 좀 찾다가 안 나오면 포기하고 그냥 주는 거 먹는 사람한테는 지극히 어려운 일. 그래서 다른 메뉴도 많은데 이 집에서는 카츠동만 먹는다. 고기는 부드럽고 소스는 짜지 않고 계란은 적당히 부드럽게 익어서 딱 좋다. 언젠가 본 일본 TV 프로그램에서 말하길, 카츠동은 먹으면 행복해지는 음식이라고. 이유는 잘 생각나지 않지만 아무튼 결론에는 무조건 동의.

비첸향

서울시 송파구 잠실동 40-1
롯데백화점 지하 1층
02-411-2500
2호선 잠실역에서 도보로 5분

누가 그러는데, 이건 인간용 개껌 같다고. 몇 개 물려 놓으면 모든 불만이 사라지고 조용해진다. 이걸 다 없애려면 시내 곳곳에 정밀폭격을 해야 하기 때문에 마지막 순간까지 어딘가 한 군데 이상은 살아남았으리라고 생각한다. 설마 이걸 다 표적으로 삼지는 않겠지.
막 좋아하는지는 잘 모르겠는데도 육포에 일종의 애착 같은 걸 느끼는 건, 별다른 병참기지 없이 놀라운 기동력으로 대륙을 호령하던 유목민들의 기상과 관련이 있는 게 틀림없다고 주장하곤 한다. 하지만 「신의 궤도」에도 쓴 것처럼 유목민들이 좋아하는 건 역시 커피가 아니었을까?!?!

에스컬레이션 위원회는 _____

전쟁이 빠른 속도로 확전되는 것을 통제하기 위해 만들어진 민간 정부 기구다.
피해 상황을 조사하여 딱 우리가 입은 만큼 반격의 수위를 정하는 것이 핵심 역
할이다.

『맛집 폭격』의 주요 인물인 민소와 윤희나는 에스컬레이션 위원회의 현장조사
담당자다. 두 사람의 주요 업무는 피폭 현장에 대한 각 기관의 보고서가 정확한
지 확인하고 왜곡된 부분에 관한 보고서를 작성하는 것이다.

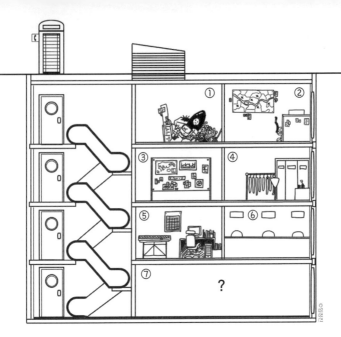

① 기술지원실
공격에 사용된 적국 미사일을 기술적으로 분석하는 부서. 이름과는 달리 의외로 공학 전공자가 많지 않다. 실제 분석 작업은 별도의 연구소에서 주로 담당하고, 여기에서는 주로 그 연구소에서 보낸 자료들에 특수효과를 더해 군 장성들이나 정책 결정자들이 탄성을 지를 만한 발표 자료를 만드는 일에 전념하고 있다. 통제실 사람들이 없을 때 몰래 가서 탁구를 치곤 하는데, 가끔 탁구를 치는 동안 통제실 사람들이 복식 경기를 하자고 하면 일부러 져 주는 경향이 있다.

컴퓨터 고쳐주는 부서로 오해를 받곤 하는데, 정중하게 부탁하면 단호하게 거절한다.

② 현장조사실
에스컬레이션위원회 주임무 부서. "―실" 자가 붙어 있는 방이 있기는 하지만 평소에는 별로 사람이 없다. "이 방에는 왜 맨날 아무도 없어?" 하고 통제실장이 역정을 내곤 한다는데, 현장을 연행해 와서 조

사하는 곳이 아니고 현장을 조사하는 사람들이 출근한 티를 내기 위해 들르는 곳이니 낮에는 사람이 없는 게 당연하다. 통제실장이 역정을 냈다는 소문이 들리면 군 출신 현장조사관 몇 명이 돌아가며 자리를 지키기도 하지만, 그러는 동안 통제실장을 봤다는 사람은 아무도 없다.

피카소 그림 액자가 걸려 있는데, 사실 거꾸로 걸려 있다. 어떻게 거는 게 똑바로 거는 건지 의견이 분분했다고 한다. 피카소 그림이 아닐지도 모른다.

③ 비교분석실
양측의 피해상황을 비교하는 부서. 에스컬레이션을 판단하는 최종단계를 맡기로 하고 만들어진 조직이지만 실제로는 적국 피해상황을 수집하는 일에 더 많은 시간을 할애할 수밖에 없었다. 적국에 파견된 요원들이 꽤 있어서 간첩실이라고 불리기도 하지만 대놓고 누군가가 그렇게 부르면 싫어한다. 다른 부서는 줄여 부르는 일이 거의 없는데 이 부서만은 유독 "비분실"로 줄여 부르는 사람이 많다. 장

난삼아 "강개실"이라고 부르는 사람도 가끔 있기 때문에 방어적인 의미로 이 부서 사람들 또한 다른 부서를 "현조실" "기지실"로 줄여 부르곤 했지만 그다지 큰 호응을 얻지는 못했다. 대체로 뭘 하든 큰 호응을 얻지 못하는 부서.

항상 같이 모여서 밥을 먹으러 가곤 하는데, 외부인이 끼면 식사 시간 내내 과묵한 분위기가 이어진다. 자기들끼리만 있을 때 무슨 이야기를 하는지 궁금해 하는 사람이 많은데, 사실 별 대단한 이야기는 안 하는 것 같다.

④ 홍보실

위원회 특성상 무슨 말을 아무렇게나 흘려도 언론에서 알아서 대서특필하는 분위기여서 딱히 부지런히 일할 필요가 없는 부서. 묘하게도 마음먹고 알리려고 한 내용은 큰 관심을 받지 못하는 분위기지만 그런 경우에는 신경 써서 홍보를 하고 있었다는 사실을 슬그머니 숨겨버리곤 하기 때문에 무안해지는 일은 별로 없다고 한다. 제복을 제정하려고 애쓰고 있으며, 쓸데없이 큰 사무실 옷장 안에 제복 시안이 여덟 종류나 들어 있다.

홍보실장이 "에스컬레이터 타고 왔습니다. 허허허"하는 농담을 쉬지도 않고 해대는 통에 홍보실 사람들이 전부 얼굴을 들고 다닐 수가 없다고 한다.

⑤ 통제실

무언가를 통제한다고 하는데 정확히 뭘 통제하는지는 잘 모르겠다. 어수선한 상황을 통제한다는 건가? 아니면 피폭현장 출입을 통제하겠다는 건가? 그랬으면 자기들 방 안에 모여 있지 않고 출입통제선 테이프를 들고 현장에 서 있었을 것 같진 하다. 생각해 보니 아마도 현장조사관들의 출퇴근 시간을 통제하려는 게 중장기 목표였던 것 같기는 하다. 아무튼 그들이 뭘 통제하는지는 끝내 밝혀지지 않았다.

식사 시간에 슬쩍 말을 시켜보면 자기들이 상당히 높은 위치에 있는 것처럼 생각하는 모양이던데, 구내식당에서 오래 줄서서 기다리는 걸 굉장히 싫어하는 눈치

다. 누구 말로는 그냥 군대식 군더더기 부서라고도 한다.

폭격이 없는 날 퇴근시간 후에는 어두침침한 복도에 모여서 탁구를 치곤 한다. 열심히 하는 것치고 실력은 영 별로다.

⑥ 총무팀

주임무부서인 현장조사실 사람들을 지원하기 위해 만들어진 부서였으나 시간이 지나자 어디서나 그렇듯 현장조사관들을 부려먹는 팀으로 변신했다. 영수증을 갖다 주면 정리해서 서류로 만들어주는 게 아니라, 영수증이 첨부된 완벽한 서류를 갖다 줄 때까지 아무 일도 처리해 주지 않는다. 각 부서관의 관계는 서로서로 주고받는 관계여야 한다고 주장하고 있지만 모든 물자는 다 총무팀 창고에 있으므로 현장조사실 사람들한테 받고 싶은 건 사실 아무것도 없다.

모든 남자직원들이 동경하는 OOO씨가 근무하고 있지만, 거기에서 걸려오는 전화라고는 아파서 낸 병가를 연차휴가로 바꾸겠다는 전화뿐이다.

⑦ 위원회

위원장과 위원들로 구성된 회의체. 원칙적으로는 이 모임만 있어도 되지만 실제로는 이 모임만 존재하지 않는다. 마치 베일에 싸여 있는 조직인 것처럼 묘사되곤 하는데, 사실은 "전쟁이 시작된 지가 언젠데 아직도 베일 안에 사람이 아무도 없는 조직"에 가깝다. 그러니 위원회가 돌아가기 시작하면 다른 하부조직들은 다 의미가 없어지는 것은 당연한 수순. 주임무는 분쟁이 점차 심해지는 과정을 기록하고 분석해서 국가가 정책결정자들이나 여론과 관계없이 불필요하게 혹은 불가피하게 전쟁으로 치달아가는 것을 막는 일이라고 한다. 가속페달도 아니고 브레이크도 아닌 모호한 역할이라 정치하는 사람 치고 여기에 끼고 싶어 하는 사람은 별로 없다고 한다.

〈어메이징 치킨 퀴진 토너먼트〉 임시규정

(4월 22일부터 적용)

1 공습경보가 울렸을 때 대피하지 않으면 실격 처리함.

2 당일 경연(이하 "시합") 개시 선언 후 공습경보가 울린 경우 해당 시점에서 타이머를 정지하며 상황해제 뒤에는 참가자 전원이 도착한 것을 확인한 다음 다시 남은 시간만큼 시합을 이어감.

3 시합 개시 선언 후 조리 시작 전에 참가자들은 가열방법이나 시간 등이 기재된 간략한 조리계획서를 심사위원장에게 제출해야 함. 대피 중 방치된 중간 결과물이 과도한 가열이나 기타 이유로 경기를 이어갈 수 없을 만큼 손상/변질된 경우 심사위원단은 제출된 조리 계획서에 따라 손상 여부를 판단해 해당 참가자에 대해 동일 요리를 처음부터 다시 시도할 수 있도록 지시할 수 있음. 이때 조리 시간은 10분 단축함.

4 조리가 완료되었으나 심사위원이 심사를 마치지 않은 시점에 발생한 적의 공격으로 심사가 중단된 경우, 혹은 일부 심사위원만 심사를 마친 상태에서 심사가 중단되어 최적의 상태에서 요리를 평가하기 어려운 것으로 판단되는 경우, 심사위원장은 재시합을 선언하고 처음부터 다시 시합을 진행할 수 있음. 이때 심사위원단은 이미 제출된 요리에 대한 평가는 무시해야 함.

5 적의 공격에 의해 주재료인 치킨(당일 비축분 포함)이 회복 불가능한 타격을 입은 경우 당일 시합은 무효 선언됨.

6 적의 공격에 의해 조리기구 등이 파손된 경우 참가자가 대회 중지나 재시합을 요청하면 심사위원은 타당성을 검토한 후 이를 받아들여야 함.

7 한 대회에서 대회 중지 상황이 4회 반복된 경우 전원 합격 처리하고 다음 단계 진출권 부여. 단, 치킨 비축분 손실로 인해 시합이 무효 선언된 경우, 토너먼트 맨 마지막 조 시합일 이후로 재시합 일정을 확정하고 즉시 참가자들에게 통지해야 함.

8 적의 공격에 의해 파손된 참가자의 조리기구나 식기 식재료 등은 보상되지 않음. 단 치킨은 당일 비축분 한도 내에서 무제한 제공됨.

(20××년 2월 7일 개정)

〈OO 소극장 임시 대피 계획〉

1. 공연이 시작되기 전에 배포해 드린 공습경보 발령시 대피계획을 숙지해 주세요.

2. 공습경보 발령시 주황색 야광봉을 든 안전 담당자의 지시가 다른 모든 지시에 우선합니다. 여러 가지 지시를 동시에 듣거나 보았을 경우, 주황색 야광봉을 든 안전 담당자의 지시 → 녹음되지 않은 안내방송(중년 남자 목소리)에 의한 지시 → 녹음된 안내방송(높은 톤의 여자 목소리) → 벽면에 부착된 안내표지(인쇄된 대피계획과 동일) 순서대로 따라 주세요. 아무 지시도 들리지 않았을 경우 벽면에 부착된 안내표지를 따라 주세요.

※ 오늘 공연의 안전 담당자는 마임이스트 입니다(매일 달라집니다). 공연에 등장하는 배우 중 무언극 배우인 마임이스트가 말을 하는 경우 따로 경보가 울리지 않더라도 비상 상황이라는 뜻이니 지시에 적극 따라 주시기 바랍니다.

3. 일반 관객들의 주황색 야광봉 소지는 금지되어 있습니다.

4. 공습경보가 해제된 뒤 15분 뒤, 혹은 입장 관객 80퍼센트 미만만 재입장한 경우 최장 25분 뒤에 공연이 재개됩니다. 배우와 관객 여러분의 몰입을 돕기 위해 공연이 중단된 시점으로부터 대략 3~5분 전 시점부터 재개됩니다.

5. 주요 배우나 공연장 시설이 적의 공격으로 손상을 입은 경우 공연은 중단될 수 있습니다. 입장권은 환불되지 않습니다.

6. 대피시 입장권을 반드시 소지해 주세요. 재입장이 제한될 수 있습니다.

7. 적의 공격으로 입장권이 파손된 경우 인터넷 예매 등 본인 확인 정보가 남아 있는 분에 한해 입장권을 재발행해 드립니다. (에스컬레이션 위원회 피해 조사 참고인 명단에 자동 등록됩니다. 조사에는 최대 2~3일이 소요될 수 있습니다.)

8. 공연이 계속 중단되어 예상 종료시간이 새벽 2시를 넘어가는 경우 공연 내용의 일부나, 무대인사 등 이벤트가 생략될 수 있습니다.

9. 공연 중간 대략 1시간 29분 전후에 울리는 사이렌은 실제 공습경보와는 파형이 다른 "극중 효과음"입니다. 실제 공습경보가 동시에 울릴 경우 "실제 상황입니다!" 하는 안내 멘트와 함께 표준 공습경보가 방송됩니다.

10. 관객이 모두 객석을 빠져나가는 데 걸리는 시간은 대략 **4분** 내외입니다. 장내가 혼란스러울 경우 이 시간은 더 늘어날 수 있습니다.

폭격

에르도안(Erdoğan)

어디 보자, 2011년이면 내가 열한 살이던 해니까, 그게 벌써 구십 년 전 일이군.

그래. 그때 우리는 나라가 없었어. 집도 있고 친척들도 있고 우리가 모여 사는 자치구도 있었는데 나라라고 부를 만한 건 아직 없을 때였지.

자치구가 뭐냐고? 스스로 통치하는 구역이라는 말인데, 그렇다고 나라가 있었다는 뜻은 아니야. 나보다 일곱 살이 많은 누나가 해준 말처럼, 진짜로 스스로 통치하는 나라에다가는 자치구라는 이름을 붙이지 않는 법이었거든.

나라가 없다는 건 우리가 살고 있는 동네와 세상 사이에 울타리가 하나도 안 쳐져 있다는 뜻이었지. 그건 좋을 때도 있고 나쁠 때도 있었는데, 안 좋을 때가 더 많았어. 그렇게 험한 세상에서는 울타리가 쳐져 있지 않으면 못된 사람들이 넘어오는 일도 많았으니까. 강도나 깡패나, 아니면 그보다 훨씬 더 못된 사람들이 말이야.

그래서 우리 동네 주변에는 하얀색 장갑차가 늘 순찰을 다녔어. 유엔 평화유지군 장갑차였는데, 동네 어디에서도 그렇게 새하얀 건 찾아볼 수가 없었지. 보고만 있어도 마음이 평화로워지는 차였다고나 할까. 그런데 누나가 또 그러는 거야. 진짜로 평화로운 동네에서는 평화유지군 장갑차 같은 건 구경도 못 하는 법이라고. 그러니까 사실은 그 새하얀 장갑차가 눈에 띌 때가 제일 위험하다고 말이야.

"흥! 시집갔다가 두 달 만에 돌아온 주제에!"

그런데 어른들한테 물어봤더니 누나 말이 맞다는 거야. 그러면서 나보고는 다른 아이들처럼 장갑차 꽁무니를 따라다니지 말라는 거 있지.

그래. 그 하얀 장갑차가 순찰하는 동안에는 우리 동네도 진짜로 평화로웠던 것 같아. 총소리 같은 것도 거의 안 들렸고, 학교가 문을 닫는 일도 드물었으니까. 누군가가 장갑차를 따라다니다가 다쳤다는 이야기도 들어본 적이 없었어. 어른들이 괜한 걱정을 한 거였지.

그리고 우리는 그 장갑차를 따라다니는 것 말고는 할 만한 게 딱히 없었어. 공부도 영 시시했고 동네에서도 별로 재미난 일이 없었거든. 몇 달씩 전기가 끊기는 기간에는 그나마 라디오도 들을 수가 없어서 친구들을 만나도 별 할 이야기가 없었지. 그러니 콩만 한 아이들끼리 모여 앉아서 어느 집 누가 뭘 했다더라 하고 아줌마들이나 할 법한 수다나 떨고 있을 바에는 차라리 장갑차를 따라 동네를 뛰어다니는 편이 훨씬 낫지 않았을까.

뭐, 물론 장갑차를 따라다닌다고 해도 특별히 구경거리가 있었던 건 아니야. 어디를 가도 벽돌로 대충 쌓아놓은 우중충한 회색 벽에, 판자든 슬레이트든 아무거나 구해지는 대로 걸쳐놓은 누더기 같은 지붕뿐이었거든. 그 흔한 이 층 건물도 하나 없고 오십만 명이나 되는 사람들이 전부 다 그런 허름한 판잣집에 다닥다닥 모여서 살고 있었으니 우리 사는 게 얼마나 꼬질꼬질했겠어. 거기에 비하면 평화유지군 장갑차는 완전 호텔이었지. 에어컨도 있고 난방도 되는, 세상에서 제일 깨끗한 집. 뭐, 사실 집은 아니었지만. 아무튼 그걸 쫓아다니지 말라는 건 사람답게 살기를 포기하라는 거나 다름없었어. 사람답게 사는 게 뭔지는 도무지 알 수가 없었지만.

그렇게 장갑차를 쫓아다니다 보면 가끔은 좋은 일이 생기기도 했어. 초콜릿이나 사탕 같은 군것질거리가 생기거나, 평화유지군 아저씨들 무릎에 앉아서 사진을 찍게 되는 일도 있었지. 그 아저씨들은 나중에 꼭 사진을 보내주겠다며 열심히 주소를 적어가곤 했는데, 실제로 사진을 돌려받았다는 아이는 하나도 없었어. 사실 우리도 별로 기대는 안 했어. 그냥 사진을 찍히는 게 좋았던 거지 그 순간을 오래오래 간직하고 싶었던 건 아니니까.

하지만 엄마들은 자존심이 어쩌고 하면서 절대로 유엔군 아저씨들한테서 먹을 걸 받아서는 안 된다고 했어. 흘린 걸 주워도 안 된다고 했지. 선생님들도 마찬가지였어. 학교에 몰래 그런 걸 갖고 왔다가 선생님한테 들켜서 호되게 야단맞는 아이들도 꽤 많았어. 그러면 그 소문이 또 온 동네 아이들한테 퍼지는 거야. 심심했으니까. 그러니까 그 동네는 무슨 일이든 일어나기만 하면 다 소문이 되는 마을이었거든.

그러던 어느 날이었는데, 그 새하얀 장갑차를 따라다니던 아이 하나가 굉장한 물건을 얻었다는 소문이 온 동네 아이들한테 쫙 퍼진 거야. 그게 뭐였냐면 어느 미군 병사가 보다 버린 만화책이었는데, 그런 게 한 권도 아니고 무려 다섯 권이나, 그것도 1권부터 5권까지 시리즈로 얻어걸린 거 있지.

물론 만화책은 우리한테도 있었어. 유목민 아흐마드 아저씨의 카라반 만화가게. 뭐, 아흐마드 아저씨가 좀 이상한 사람이긴 했지. 고물상 같기도 하고 장사꾼 같기도 했는데, 아마도 고물을 주워다 파는 장사꾼쯤 됐을 거야. 진짜 카라반은 아니고 그냥 낙타 몇 마리 끌고 혼자서 사막을 건너다니며 장이 서는 마을을 찾아 돌아다니는 정도였겠지. 가끔 동네에 나타나서 아이들을 불러다가 자기 일을 거들어주면 일당으로 동전 몇 개를 주겠다고 해놓고는 하루 종일 아이들만 잔뜩 부려먹고 흔적도 없이 사라지는 바람에 동네 아줌마들의 원성이 자자했던 악당이기도 했고 말이야. 하지만 그렇게 매번 골탕을 먹고도 아이들이 늘 아흐마드 아저씨의 낙타를 손꼽아 기다렸던 건 그 낙타들 등에 걸린 짐 보따리 때문이었어. 만화책이 잔뜩 든 짐짝이 있었거든.

잔뜩이라고는 하지만 진짜로 어마어마하게 많았던 건 아니고 지금 생각해보면 한 이백 권쯤 될까. 마음먹고 달려들면 금세 끝낼 만한 양이었지. 실제로 아흐마드 아저씨의 만화책 짐짝에 뭐가 들어 있는지 궁금해하는 녀석들은 별로 없었어. 아주 어렸을 때부터 보고 또 보고 또 보고 해서 절반쯤은 아예 내용을 외고 있을 정도였거든.

그중에는 프랑스 것도 있고 미국 것도 있고, 이스라엘이나 일본 것도 가끔 있었는데, 맨 뒤에는 거기에 나오는 대사들을 우리말로 번역해놓은 꼬깃꼬깃한 종이가 붙어 있곤 했어. 모두 아흐마드 아저씨가 누군가에게 부탁해서 얻어둔 거였겠지. 아마도 그 정성이 대단해서 어른들도 아흐마드 아저씨를 자치정부 같은 데 고발하지 않았던 것 같아. 그거라도 없었으면 우리는 정말 할 게 아무것도 없었을 테니까 말이야. 하지만 그건 그렇게 오래가는 놀잇거리가 아니었어. 몇 달이면 금세 지루해지게 마련이었지. 그래서 새 만화책이 생겼다는 소문에 온 동네가 다 술렁거렸던 거야.

그건 뭐랄까, 정말 굉장했어. 번역이 하나도 안 돼 있어서 처음에는 그냥 그림만 봐야 했는데, 그림만 봐도 가슴이 다 쿵쾅거릴 정도였다니까. 뭐, 사실 글자를 못 읽는 편이 더 좋다는 애들도 있기는 했지. 무슨 말인지 모르고 한 번 본 다음에 나중에 번역이 달렸을 때 다시 한 번 보면, 두 번 다 처음 보는 것처럼 두근두근하면서 볼 수 있을 테니까 말이야.

아무튼 그건 『화이트 샤크』라는 제목의 헬리콥터 만화였는데, 아흐마드 아저씨의 만화 짐짝에서 보던 것과는 비교도 안 되는 거였어. 바로 그해에 나온 만화책이었거든. 2011년에. 보통 아흐마드 아저씨의 만화책은 가장 최근 거라고 해도 한 15년은 묵은 거였거든. 한마디로 상대가 안 됐지. 나중에 나온 게 꼭 더 좋다는 건 아닌데, 그래도 15년은 좀 너무했잖아. 그때 내 나이가 열한 살이었으니까.

그 『화이트 샤크』라는 만화는 완전히 새로운 물건이었어. 그때까지 우리는 전투 헬리콥터가 나오는 만화는 한 번도 본 적이 없었거든. 전투 헬리콥터는커녕 오토바이가 나오는 만화도 별로 본 적이 없었지. 예언자 엘리야가 수레를 타고 하늘로 올라가는 장면이 그나마 거기에 제일 가까웠을까. 그런데 전투 헬리콥터가 나와서 전투기들과 공중전을 하는 만화라니! 그야말로 눈이 핑핑 돌아갔지 뭐.

게다가 주인공이 타고 다니는 그 헬리콥터가 말이야, '에르도안'이라고 하는 하얀색 헬리콥터였는데, 이게 또 완전 눈 뒤집히는 물건이었던 거야. 보통 헬리콥터는 위쪽에 큰 거 한 개, 꼬리쪽에 작은 거 한 개, 그렇게 두 개의 프로펠러가 붙어 있잖아. 그런데 에르도안은 꼬리날개에는 프로펠러가 안 달려 있는 대신, 몸체 위쪽에만 로터가 두 겹 붙어 있는 신기종이었던 거야.

우리도 나중에 영국인 의사 아줌마한테 부탁해 번역을 해놓고 나서야 안 거지만, 헬리콥터 프로펠러는 로터라고 부르거든. 그걸 프로펠러라고 부르면 촌놈 취급을 당하는 거지. 아무튼 이 두 개의 로터가 서로 반대 방향으로 돌면서 헬리콥터의 뒤틀림을 막아주기 때문에 꼬리날개에 따로 로터가 없어도 자세를 유지할 수 있다는 거야.

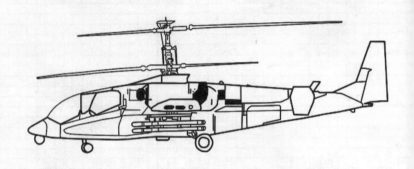

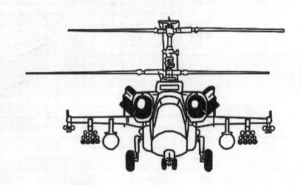

〈에르도안〉

그리고 그건 말이야, 우리한테 그건, 그야말로 일생일대의 사건이었어.

'로터가 두 겹인 이유가 그런 거였다니! 그래, 그래야만 했던 거야. 하늘에 태양이 둘일 수는 없지만 로터는 반드시 두 겹이어야만 해! 아, 나는 왜 그걸 몰랐을까. 그동안 내가 어리석었어!'

그렇게 온 동네가 완전 난리였다니까.

그리고 그해 봄에, 바깥세상에서 무슨 일이 일어났는지 하얀색 장갑차가 마을을 떠났어.

"이제 진짜로 평화로워진 거야?" 하고 누나에게 물었더니 누나가 고개를 내저으면서 이렇게 말하더라고.

"너희 이제 뭐 하고 노냐? 따라다닐 장갑차도 없고."

하지만 우리는 상관없었어. 장갑차 따위는 에르도안한테는 상대도 안 될 게 뻔했으니까. 에르도안이 '공대지 미사일'을 한 발만 발사하면 장갑차 같은 건 흔적도 없이 사라지고 말걸. 그러니까 우리에게는 새 장난감이 있었던 셈이야. 로터가 두 겹으로 달린 하얀색 전투 헬리콥터가.

사소한 문제가 있다면, 장갑차는 실제로 동네를 돌아다녔고 에르도안은 만화책 속에만 있었다는 점인데, 그해 여름이 되면서 그 문제도 저절로 해결되고 말았어.

그건 진짜 이때까지 일어났던 일과는 비교도 할 수 없는 완전 깜짝 놀랄 만한 대사건이었지. 뭐였냐면, 글쎄, 에르도안이 우리 동네에 나타난 거였어.

정말 굉장하지 않아? 우리가 느끼기에 그 일은 거의 신의 계시 같았어. 예언자가 다시 살아 돌아온 것 같았지. 아니, 솔직히 우리한테는 예언자가 살아 돌아오는 것보다 에르도안이 나타난 게 더 반가웠는지도 몰라. 어떻게 알고 우리한테 왔을까. 온 동네 아이들이 그렇게 꿈에도 그리던 바로 그 전투 헬리콥터가 말이야.

"하지만 저건 흰색도 아닌데 에르도안이라고 불러도 될까?"

"아무렴 어때. 중요한 건 로터가 몇 겹이냐지 색깔이 아니잖아."

그때는 잘 몰랐지만 사실 진짜 중요한 건 로터가 아니라 색깔이었어. 흰색이 아니라는 건 일단 유엔 평화유지군이 아니라는 뜻이었거든. 당시에 우리는 나라가 없었고 그래서 당연히 군대도 없었으니까 그게 누구네 전투 헬리콥터인지는 뻔했지. 그래. 서쪽나라.

하지만 우리는 아직 너무 어렸기 때문에 그런 걸 알아차릴 만큼 영악하지가 못했어. 만화책에 나온 대로, 두 개의 로터가 겹쳐 있는 헬리콥터는 다른 헬리콥터들보다 소리가 훨씬 작게 들린다는 사실을 직접 확인하고는 모두가 밤잠을 설쳤을 정도로 호기심이 많기는 했지만 말이야.

물론 어른들은 우리가 에르도안에 열광하고 있다는 사실을 전혀 알지 못했지. 대신 그게 적이라는 사실을 분명히 알고 있었던 것 같아. 왜냐하면 에르도안이 마을로 날아오는 날이면 동네 전체에, 아니 자치구 전체에 공습경보 사이렌이 쫙 깔리곤 했거든.

하지만 에르도안은 사실 그렇게 위협적이진 않았어. 그냥 마을을 한번 돌아보고는 다시 왔던 방향으로 사라지는 게 보통이었으니까. 그래서 사이렌이 울리면 말이야, 우리는 하던 일을 멈추고 마을 뒤쪽에 있는 언덕을 향해 달리기 시작했어. 헉헉거리며 한참을 뛰어가다 보면 온 동네 아이들이 언덕으로 올라오는 게 보였지. 일등 하는 아이한테 누군가가 선물이라도 주기로 되어 있는 것처럼.

물론 우리한테 그런 사람은 없었어. 태어나서 한 번도 본 적이 없었지. 그건 그냥 우리가 우리 스스로에게 주는 선물이었어.

숨이 멎도록 힘겹게 언덕에 뛰어올라 허리를 숙인 채로 가쁜 숨을 몰아쉬고 있으면 잠시 후에 서쪽에서 에르도안이 모습을 드러냈거든. 오 권까지밖에 못 본 에르도안, 초음속 전투기와 한창 치열한 공중전을 벌이다 '다음 회에 계속'이라는 말만 남기고 무책임하게 훌쩍 떠나버린 우리의 영웅 에르도안이. 그렇게 언덕 위에 올라가 있으면 에르도안이 날아가는 모습을 또렷하게 볼 수 있었어. 구름을 배경으로 미끄러지듯 유유히 옆으로 날아가는 에르도안을 말이야.

그건 정말 굉장한 광경이었어. 대단하다는 말밖에 할 수 없었지. 옆으로도 날고 뒤로도 날고, 심지어 한 방향으로 쭉 날아가는 동안 몸체를 옆으로 한 바퀴 빙 돌릴 수도 있는 대단한 헬리콥터였거든.

그리고 그해 가을에 에르도안이 처음으로 마을을 폭격했는데, '공대지 미사일'이 요란한 소리를 내며 에르도안을 박차고 나가는 모습이 언덕 위에 있던 우리 눈에도 또렷하게 보였어. 기다란 연기를 내뿜으면서. 그리고 곧 자치정부 천막이 불길에 휩싸였지.

무서웠느냐고? 설마. 화가 나지 않았느냐고? 내가 왜.

에르도안이 서쪽으로 돌아가자마자 우리가 한 일이 뭐였는지 알아? 바로 자치정부 천막이 있던 곳으로 달려가는 거였어. 물론 다친 사람이 없는지 걱정이 돼서 그런 건 아니야. 그런 건 아무래도 상관없었지. 우리가 그쪽으로 달려간 이유는 딱 하나였어. 우리 중 누군가가 이렇게 말했거든.

"대단해! 그런데 있잖아, 저기 가면 파편 같은 걸 주울 수 있을까."

그래. 파편을 주우러 달려간 거였어. 공대지 미사일 파편을 말이야.

그날 진짜로 몇 명인가가 파편을 주웠는데, 아쉽게도 나는 아니었어. 부러워서 한참 동안 졸졸 따라다녔던 것 같아. 한 번만 만져보자고 했는데 절대 안 내놓더라고.

그리고 사흘 후에 다시 사이렌이 울렸어. 그때는 밤이어서 밖으로 뛰쳐나갈 수도 없었지. 부모님들이 집에 계셨으니까. 가만히 누워서 귀를 기울이고 있자니 멀리서 무언가 폭발하는 소리가 들려오는데, 그만 가슴이 콩닥거려서 잠을 잘 수가 없는 거야.

그리고 또 이틀 뒤에, 이번에는 학교에 가는 길에 사이렌 소리를 들었어. 그 소리를 듣자마자 언덕 위를 향해 후다닥 달려가는데, 저 멀리서 아이들 몇 명이 뛰어가는 모습이 보였어. 그때 서쪽에서 헬리콥터 소리가 들리더라고. 발걸음을 멈추고 그쪽을 돌아봤지.

'이상하다. 이렇게 소리가 클 리가 없는데.'

한 대가 아니더군. 소리가 여기저기가 울리는 것 같았거든. 그래. 여러 대였어. 두 대도 아니고 세 대보다도 많았지. 내 눈으로 본 것만 다섯 대쯤 되나. 아무튼 헬리콥터 무리들이 공중에 질서

정연하게 늘어선 채로 천천히 마을 시장터 쪽으로 다가가는 모습이 보였어. 장날은 아니었지만 거긴 늘 지나다니는 사람이 많은 곳이었으니까.

그건 나도 처음 보는 광경이었어. 만화책에서도 본 적이 없었지. 여러 대가 그러고 있으니까 더 신기하고 멋있어 보였던 거 있지. 그러면서도 뭔가 이상한 느낌이 들기는 했지만 말이야.

그러고는 그 일이 일어난 거야. 에르도안 다섯 대가 장터 위에 멈추더니 그중 몇 대가 대열에서 벗어나 주위를 빙 둘러싸더라고. 두 겹의 로터에서 뿜어내는 바람이 거대한 먼지바람을 만들어냈지. 그 통에 아래를 지나가던 히잡 쓴 아줌마들이 갈 곳을 몰라 헤매다가 결국 골목길에 갇히고 말았어. 물론 아저씨들도 마찬가지였고.

그 무시무시한 바람 때문에 지붕이 통째로 날아간 집도 있었고 문짝이나 간판이 떨어져 날리는 곳도 있었어. 그렇게 낮게 나는 에르도안을 본 건 아마 그때가 처음이었을 거야. 조종사 얼굴이 다 보일 지경이었거든. 커다란 선글라스를 쓰고 있지 않았다면 그 사람들이 어디를 쳐다보고 있는지도 다 보였을 거야. 그렇게 가까운 거리는 아니었지만, 그때만 해도 나는 눈이 꽤 좋았으니까.

하지만 그 눈을 직접 보지는 못했다고 해도, 최소한 에르도안의 기관총이 어디를 향하고 있는지는 분명히 알아볼 수 있었어. 그건 말이야, 그건, 사람들이었어. 초음속 전투기나 장갑차가 아니라 우리 반 누구누구의 엄마, 며칠 전에 공대지 미사일 파편을 주운 누구누구의 삼촌, 누나가 매일 뒤에서 흉보곤 하던 누구누구네 작은 언니 같은, 그런 동네 사람들.

'왜 그래? 그쪽이 아니잖아.'

그 순간에 말이야, 내가 그런 생각을 하는 순간에, 에르도안의 양팔에 매달려 있던 공대지 미사일들이 일제히 불을 뿜으며 앞으로 쏟아져 나갔어. 한쪽에 네 개씩 모두 여덟 개, 한 대에 여덟 개씩 모두 마흔 개. 그걸 다 쏟아붓는 데 채 삼십 초도 안 걸리더라고. 만화책에 나와 있는 그대로 굉장한 속도였지.

나는 그만 깜짝 놀라서 그 자리에 우뚝 멈춰서고 말았어. 이게 아닌데. 왜 이렇게 되는 거지 하고 중얼거리면서 말이야.

그리고 눈앞에서 커다란 폭발이 일어났어. 쾅, 쾅, 쾅, 영원히 계속될 것 같은 폭발이었지. 귀가 멍해질 정도로 엄청난 소리였어. 손으로 귀를 꽉 틀어막았는데, 그래도 그 소리를 막을 수 없었으니까.

갑자기 열기를 잔뜩 품은 바람이 얼굴 옆을 쓰치고 지나가는데, 나도 모르게 바닥에 납작 엎드리게 되더라고. 한 번도 배운 적이 없었는데 저절로 말이야. 그때 처음으로 무섭다는 생각이

든 거야. 피부에 직접 와 닿는 위협이라는 거, 그걸 느낀 거지. 그러고는 아무 생각도 없었어. 그냥 가만히 웅크리고 있는 수밖에. 어쩌겠어. 그때가 겨우 열한 살 때였다니까.

그리고 잠시 후에 고개를 돌려서 시장터 쪽을 살짝 돌아봤거든. 커다란 불꽃이 폭풍처럼 일어났는데도 에르도안은 자세를 꼿꼿하게 유지한 채 그 자리에 그대로 떠 있더라고. 집들이 산산이 부서지고, 그 안에서 벌벌 떨고 있던 사람들이, 갑자기 지붕을 잃어버리는 바람에 무방비 상태로 하늘을 향해 모습을 드러냈지.

미처 히잡을 쓰지 못한 사람도 있었고, 아예 옷을 못 입은 사람도 있었어. 그런데 거기로 총알이 날아들더라고. 에르도안의 총알이, 철갑을 뚫으라고 만들었다는 에르도안의 그 굵직한 총알이, 팔을 벌린 사람들의 몸을 향해 후다다닥 날아갔어.

왜일까. 에르도안이 왜 저러지.

총소리가 들렸어. 기관총 소리가. 로터가 열 겹이 겹쳐져 있다 해도 절대 듣지 못할 리가 없는 잔인한 총소리였지. 나는 차마 눈을 뜰 수가 없었어.

'그렇게 길게 울릴 필요는 없잖아. 그렇게 오랫동안 쏠 필요는 없다고.'

에르도안이 왜 그랬을까. 아무리 생각해도 답을 알 수가 없었어. 그런데 그건 어른들도 마찬가지였던 것 같아. 에르도안들이 다시 고도를 높여서 서쪽을 향해 줄을 지어 사라진 뒤에, 이미 폐허가 된 시장터에서 누군가가 하늘을 향해 이렇게 외치더라고.

"왜! 도대체 우리한테 왜 이러는 거야!"

나는 아주 오랫동안 그 질문에 대한 답을 찾을 수가 없었어. 사실은 구십 년이 지난 지금도 잘 모르겠어. 왜 그랬을까. 우리가 도대체 뭘 잘못했던 걸까.

아일라(Ayla)

하여간 그 뒤로는 쭉 재미가 없었어. 재미있는 일이 일어날 여지가 없었지. 그놈의 공습경보 때문에 말이야.

온 가족이 모여서 저녁을 먹다가도 갑자기 공습경보가 들려오면 우리는 손에 든 것을 모두 내려놓고 얼른 대피소로 기어들어가야 했어요. 대피소라고 해봐야 부모님이 집 앞에 파놓은 땅굴 같은 거였지만 아무튼 거기 들어가 있으면 크게 다칠 위험은 없었거든. 집이야 뭐, 망가져도 금방 다시 지으면 되고, 재산이 될 만한 것도 딱히 없었으니까 특별히 챙겨서 나올 만한 건 없었지.

다만 뭘 먹고 있을 때가 좀 귀찮기는 했는데, 그렇게 대피했다 돌아온 뒤에는 음식이 식어 있어도 엄마나 누나가 그걸 다시 데워주는 경우가 거의 없었어. 다들 짜증나는 상황이었으니까 별 수 없었지.

그게 왜 짜증이 나는 일이었느냐면, 그 공습경보라는 게 전부 진짜는 아니었거든. 기계가 고장 나서 잘못 울릴 때도 있었고, 그 나라 헬리콥터들이 우리 동네 쪽으로 올 것처럼 했다가 그냥 원래 있던 데로 돌아가는 경우도 있었으니까 말이야. 걔들, 가끔은 일부러 그러기도 했던 것 같아. 어떤 날은 하루에 서른 번이나 대피소를 들락날락한 적도 있는데, 그게 에르도안 한두 대가 우리 동네 언저리를 맴돌면서 날아올 듯 말 듯 하루 종일 애간장을 태우느라 생긴 일이라고 그랬거든. 그런데도 우리는 어쩔 수가 없었어. 서른 번 공습경보가 울리면 서른 번 다 일단은 대피소로 기어들어가는 수밖에. 그러다 그 공습경보가 완전히 귀에 익었을 때쯤에 꼭 진짜 폭격이 날아들곤 했으니까 말이야.

뭐, 늘 그렇게 하루 서른 번씩 공습경보가 울리는 건 아니었지만 그래도 그해 겨울 내내 하루에 열 번씩은 꼬박꼬박 공습경보를 들어야 했던 것 같아. 우리 누나는 말이야, 절대음감인가 뭔가가 있는 사람이라고 했는데, 그 사이렌 소리를 듣고는 늘 이렇게 투덜거렸던 거 있지.

"저거, 소리를 딱 반음만 높여도 이렇게까지 듣기 싫지는 않을 텐데."

공습경보가 공기를 무겁게 내리누르는 나날들이었다고 할까. 일상생활을 포기하기도 뭐하고 그렇다고 마음 놓고 하던 일을 계속하기도 뭐한 나날들이었어. 결국은 학교가 문을 닫을 정도로 말이야.

어쩌겠어. 동네는 크지, 학교는 멀지, 애들이 학교에서 집으로 돌아오는 길마다 꼭 한두 번씩은 공습 사이렌이 울렸거든. 학교에 있을 때야 학교 대피소에 들어간다고 쳐도 길바닥에서 갑자기 사이렌이 울리면 어디 갑자기 숨을 데가 있어야 말이지. 그러니 부모들이 걱정이 돼서 애들을 학교에 보낼 수가 없었던 거야. 그러다 어느 날은 우리보다 한 학년 위인 어떤 녀석이 집으로 가는 길에 폭격을 당했는데, 왼쪽 팔이 팔꿈치 위쪽까지 날아갔어요. 다른 녀석이 그걸 보고 외팔이라고 놀렸다가 아빠한테 끌려가서 죽도록 얻어맞았다는데, 그 일이 있고 나서는 그만 학교가 문을 닫더라고.

"국제 정세가 좋아질 때까지 방학입니다."

방학이라는 말에 일단 환호성을 내지르기는 했는데, 그 말이 무슨 뜻인지 알고 그런 건 아니었어. 그리고 가만히 생각해보니 별로 좋을 것도 없더라고. 학교를 가야 가끔 옆길로 새기도 하니까 말이야.

집에서는 어림도 없었어. 어느 집이나 애들을 아예 밖으로 나가지도 못하게 했거든. 어른들을 따라서 외출할 때가 아니면 먼데라고는 꿈도 못 꿨으니까, 동네 애들끼리 모여서 노는 것도 상상도 못 할 일이었지. 그게 다 그놈의 공습경보 때문이었어. 물 길러 다니는 게 하루 중 제일 신나는 일이 된 마당에 재미있는일이 일어날 리가 없었지.

그러던 어느 날이었어. 학교가 문을 닫은 지 열흘쯤 됐을 때였나. 그날도 누나를 따라 물을 길러 가는데 갑자기 그 아이가 궁금해진 거야. 우리 반 아일라라고, 옆 동네에 사는 이상한 여자애가 있었는데, 지난밤에 그 동네에 폭탄이 떨어졌다는 이야기를 들었거든.

아일라는 말이야, 사실 좀 이상한 애였어. 맨날 넘어지는 애로소문이 나 있었지. 아까도 말했지만 그 동네는 무슨 일이든 일어나기만 하면 그대로 소문이 되는 동네였거든.

걔는 진짜, 넘어져도 철퍼덕 아주 잘 넘어지는 애였어. 자기 발에 걸려 넘어지든 돌부리에 걸리든, 옆에 있던 애들이 어떻게 도와주고 말고 손을 쓸 틈도 없이 엄청나게 빠른 속도로 철퍼덕 넘어지는 거야. 그래서 무릎이 성할 날이 없었지.

어느 날은 학교에 갔더니 걔네 아빠가 안 넘어지는 약초를 구해다가 걔한테 먹였다는 소문이 도는 거야. 별 게 다 소문이 되는 동네였으니까. 그런데 아무리 생각해도 그게 참 이상한 소문이잖아. 세상에 안 넘어지는 약초라는 게 어딨어. 그래서 내가 물어봤거든. 진짜로 그런 걸 먹었냐고. 그랬더니 걔가 아주 정색을 하고는 이렇게 말하는 거야.

"아니라고. 아니라고 몇 번을 말해야 알겠어? 그건 안 넘어지는 약초가 아니라 넘어져도 발목 안 삐는 약초라니까."

어느 날은 선생님이 글짓기 숙제를 내줬는데 말이야, 이 아일라라는 애가 글쎄 예언서 한 구절을 써 가지고 온 거야. 선생님이 물었어.

"아일라. 이게 사실이니? 정말 알라께서 어제 너한테 이런 계시를 내리셨어?"

"아니요."

"그럼 이 이야기는 뭐니?"

"글짓기 숙제 한 건데요."

"아일라. 예언서라는 건 말이야, 아무나 쓸 수 있는 게 아니에요. 알라께서 선택하신 성인들이나 예언자만이 쓸 수 있는 거야. 계시를 듣지도 않고서 계시를 들은 것처럼 하는(구는) 건 아주아주 나쁜 짓이란다. 그리고 알라께서는 그 어떤 예언자에게도 사람보다 고양이가 먼저 구원받으리라는 말씀은 전하지 않으실 거야. 절대로."

"하지만 선생님. 어제 선생님이 꼭 실제로 일어난 일이 아니어도 괜찮다고 하셨잖아요. 글짓기 숙제를 할 때는 그런 걸 써도 거짓말을 하는 게 아니라고요."

"하지만 아일라, 이건 예언서를 날조한 거잖아."

"네? 아닌데. 그런데요, 선생님. 날조가 뭐예요?"

진짜 공습이 지나가고 나면 아빠는 집 밖으로 나가서 동네 이곳저곳을 살피곤 했어. 없어진 집이 없나 살펴보려고 말이야. 특히 인근에서 폭발음이 들렸을 때는 더 긴장하는 눈치였지. 아무래도 가까운 친척들이 더 많이 살고 있었으니까 말이야.

사실 우리 동네 사람들은 원래가 다 유목민들이었거든. 우리 할아버지의 할아버지 세대까지는 그랬대. 아무튼 원래는 우리도 아주아주 넓은 땅을 갖고 있었어요. 그랬는데, 나라가 아직 없다 보니 그 땅을 다 뺏기고 만 거야. 그 대신 도시 하나를 받아서 억지로 억지로 정착을 했는데, 그러다 보니 동네 사람들이 다 친척들이었지. 멀든 가깝든 다 핏줄로 연결이 돼 있었다고. 그래서 아빠는 한차례 폭격이 지나가고 나면 걱정해야 할 사람들이 아주아주 많았어. 친구도 많고 친척도 많았으니까.

하지만 나는 우리 집에서 꽤 가까운 곳에 폭탄이 떨어진 날에도 궁금한 사람이나 걱정되는 사람이 별로 없었어. 그때까지는 말이야. 그런데 어느 날 아침 우물가에서, 옆 동네 어디어디에 폭탄이 떨어졌다는 소리를 듣는 순간, 갑자기 누군가가 떠오른 거야. 궁금한 사람이 생겨난 거지.

'왜 하필 그런 이상한 애지?'

나는 한구석에 내팽개쳐둔 책 보따리를 뒤적거렸어. 아주 오래 전에 거기에다 뭔가를 구겨 넣었던 게 생각이 났거든. 그건 아일라가 준 종이쪽지였어. 괜히 누가 보고 소문이라도 낼까 봐 펴 보지도 않고 구겨 넣었던 종이쪽지, 그러고는 벌써 두 달이 넘도록 그런 걸 받았다는 사실조차 깜빡 잊고 지냈던 바로 그 종이쪽지였지.

그 안에는 역시나 이상한 소리가 적혀 있었어.

무스타파에게
무스타파. 너는 우리 반에서 제일 똑똑하고 공부도 잘하니까 앞으로 나랑 친하게 지내자.
                                              아일라가

그게 왜 이상한 소리냐고? 이상하잖아. 똑똑하니까 자기랑 친해지자니. 게다가 나는 절대로 우리 반에서 제일 똑똑한 녀석이 아니었다고. 그럴 리가 없잖아. 구구단도 6단까지밖에 못 외우는데, 어디서 무슨 소리를 듣고 나한테 이런 걸 보냈나 싶었다니까. 실은 다른 무스타파한테 보낸 게 잘못 온 건가 싶기도 했고 말이야. 왜냐하면 우리 반에는 나 말고도 무스타파가 둘이나 더 있었거든.

누나한테 물었어.

"누나. 나 말이야, 똑똑해?"

내 말에 누나는 아무 대답도 하지 않았어. 다음 날 아침엔가 이렇게 한마디를 툭 던졌을 뿐이지.

"무스타파, 넌 말이야, 그래도 애는 좀 착한 것 같아."

다음 날 내가 찾아갔을 때 아일라는 대피소에 들어가 있었어. 아일라네 집을 어떻게 알았느냐고? 평화유지군 장갑차. 아일라네 집이 바로 장갑차가 순찰하던 길가에 있었거든. 예전에 거기서 아일라를 본 적이 있었지.

"거기서 뭐 하니?"

내가 먼저 물었어.

"공부해."

"공습경보 안 울렸는데. 넌 아예 하루 종일 거기서 사는 거야?"

"좀 있으면 또 울리겠지 뭐. 아, 시작됐다."

그리고 그 말이 끝나기가 무섭게 공습경보 사이렌이 낮게 깔렸어.

"너도 들어올 거니?"

"응."

그리고 잠시 뒤에 아일라네 식구들이 전부 우리가 있던 대피소로 밀려들어왔어.

"우리 반 무스타파예요. 지나가는 길에 공습경보가 울려서 들어오라고 했어요."

멀리서 에르도안이 내는 로터 소리가 들리는 걸 보니 이번에는 진짜 공습이 이어질 것 같았어. 아니나 다를까 멀리서 폭탄이 터지는 소리가 들리더니 조금 뒤에는 누군가 공중을 향해 총알을 쏘아대는 소리도 나더라고.

폭탄 소리를 들으면서 아일라가 속삭였어.

"그런데 우리 집에는 뭐 하러 왔니?"

"그냥. 이 동네에 폭탄 떨어졌다 그래서 파편 주우러."

물론 그건 거짓말이었어. 이제 그런 걸 주우러 다니는 아이는 아무도 없었거든. 아일라도 그 사실을 모르지는 않았을 거야. 다시 아일라가 물었어.

"그런데 너희 엄마는 걱정 안 하시니?"

"응. 집에 가면 맞아 죽을 거야."

"혹시 안 맞아 죽으면 편지 보낼게."

"그래."

"그런데 너 나 찾아오면 안 돼. 우리 집은 독실해."

"독실해?"

"신앙심이 깊다고."

"아."

"또 찾아오면 우리 아빠한테 맞아 죽어. 나도."

"그래."

"그런데 네 이름으로 답장하면 안 돼. 너 여자 형제 있니?"

"응. 누나."

"그럼 누나 이름으로 보내."

"그래, 알았어."

"그러면 여기에 주소 적어주고 가."

그때 우리 동네에는 주소라고 할 만한 게 따로 없었어. 그냥 알아들을 수 있게 대충 쓰면 그게 주소였거든. 사실은 우편배달부도 따로 정해진 사람이 없었지 뭐. 누군가 그쪽으로 갈 일이 생기면 그 사람에게 따로 부탁하는 것 말고는 방법이 없었으니까. 물론 그건 전부 어른들이 하는 일이었고, 우리 같은 애들은 마음대로 돌아다니지도 못했지만.

나는 편지를 받아본 적이 없었기 때문에 어떻게 쓰면 우리 집 주소가 되는지 곰곰이 생각해보다가 '살라마 언덕마을 검은지붕 집 살림 씨네 집'이라고 쓴 다음 누나 이름을 따로 아일라에게 가르쳐줬어. 그러고는 그 일을 깜빡 잊고 말았지. 그도 그럴게 나는 그날 집으로 돌아가자마자 엉덩이에 불이 나도록 매를 맞아야 했거든.

수십 번이나 더 공습경보가 울리고, 몇 번인가는 진짜로 폭탄이 떨어지고, 전날만 해도 멀쩡하던 집들이 다음 날 아침이 되자 조그만 폐허로 변해버리는 일이 몇 번이나 더 일어난 뒤에, 나는 누나가 엄마에게 이런 이야기를 하는 걸 들었어.

"옆 동네에 사는 아일라라는 여자를 아세요?"

"아일라? 모르겠는데."

"요전에 저한테 편지가 왔는데요, 국제 정세가 좋아지면 꼭 한번 만나자네요. 그런데 누군지 모르겠어요."

"국제 정세? 그런 건 왜? 자치정부 사람인가. 너 그쪽에 친구 있는 거 아니야?"

"글쎄요."

"혹시 네 남편 알리를 아는 사람인지도 모르겠다. 알리가 없으니까 너한테 보낸 거겠지."

"그럴까요."

또다시 폭탄이 떨어지는 밤들이 찾아왔어. 에르도안으로 폭격을 하는 것과 비행기로 폭격을 하는 게 어떻게 다른지 알아? 그 시절에는 말이야, 비행기에서 폭탄을 떨어뜨린다는 건 목표물을 정확하게 보지 않고 대충 아무렇게나 폭탄을 내려놓는 일에 가까웠거든. 그것도 아주 높은 곳에서 폭탄을 떨어뜨리기 때문에 폭격기 조종사들은 저 아래에서 무슨 일이 벌어지는지 알 수가 없었어요. 하지만 전투 헬리콥터로 하는 폭격은 그게 아니었어. 에르도안은 훨씬 더 낮게 날았거든. 아주 가까운 곳까지 헬리콥터를 몰고 나타나서는 머리 위에 멈춰 서서 사람들이 겁에 질려 있는 모습을 가만히 지켜보다가 목표물을 빤히 보면서 미사일을 쏘는 거야. 먹잇감을 노려볼 시간이 생긴다는 거지.

한밤에 사이렌 소리가 들리고 에르도안의 로터 소리가 가까이에서 들려오면 우리는 먹잇감을 고르는 에르도안 조종사들의 시선을 따갑게 느낄 수가 있었어. 제발 우리 집이 다른 집들보다 특이하게 생기지 않기를 바라면서 말이야. 뭐, 그럴 리는 없었지만, 그새 뭔가가 날아와서 우리 집 지붕에 턱 걸쳐 있을지도 모르는 일이었으니까. 어쩌면 그게 더 무서웠을지도 몰라. 일단 폭격이 지나가고 나면 적어도 우리 집이 표적이 아니었다는 사실에 안도의 한숨부터 내쉬게 됐거든.

우리는 왜 이렇게 작아져 있을까. 에르도안이 우리를 내려다보는 시간 동안 대피소 안에서 그런 생각이 들었어. 왜 이런 좁은 곳에 숨어 있어야 하는 걸까.

문득 아일라네 대피소가 생각났어. 우리 집 대피소하고 크게 다를 건 없었어. 그래서 다행이었지. 평범하게 생긴 게 살아남기에는 더 좋았으니까. 하지만 아일라는 너무나 특이한 애였거든. 도저히 걱정을 안 할 수가 없는 거야. 그렇게 평범하게 생긴 아일라의 집도 조금만 자세히 보면 무언가 아일라가 만들어둔 이상한 흔적을 찾아낼 수 있을 게 분명했거든.

그해 가을은 내내 그렇게 대피소에 숨어서 지내야 했어. 국제 정세가 도무지 좋아지지가 않았으니까. 나는 국제 정세가 좋아지기만을 손꼽아 기다렸어. 그런데 그게 뭔지 알 수가 있어야지.

"국제 정세가 뭐야?"

누나한테 물었어. 물론 누나는 아무 대꾸도 안 해줬어. 그래서 가끔 엄마한테 물었지.

"국제 정세가 좋아졌나요?"

"아니."

"아, 아직이에요? 그건 언제 좋아진대요?"

"글쎄, 봄이 되면 좋아지려나."

나는 슬슬 온몸이 근질근질했어. 벌써 몇 달째 집안에만 갇혀서 지냈으니까. 밖에 나가 봐야 딱히 재미있는 일이 생기는 게 아니라는 것쯤은 잘 알고 있었지만 그래도 그 나이에는 안 그렇잖아. 특별히 할 일은 없었어도 하얀 장갑차가 동네를 지키던 시절에는 아이들과 어울려서 하루에도 서너 시간씩 꽤 먼 동네까지 쏘다니곤 했는데, 이제는 학교마저 기약 없이 문을 닫아버리고 그나마 하던 놀이도 다 못 하게 됐으니 나 같은 녀석이 아무렇지도 않을 리가 없었지.

사실 내가 하고 싶었던 건 그렇게 대단한 것도 아니었어. 그냥 놀러 나가는 것뿐이었거든. 뭔가 재미난 놀잇거리를 바란 것도 아니었다고.

"우리도 동네에 공장 같은 걸 지어서 국제 정세나 좀 잘 만들었으면 좋겠다."

그러자 누나가 말했어.

"넌 누굴 닮아서 그렇게 멍청하니?"

그 말에 아빠가 누나 쪽을 돌아봤어. 누나는 고개를 돌렸고 말이야. 대피소 안은 날이 갈수록 더 추워졌어. 꽤 가까운 곳에서 폭탄 터지는 소리가 들려오더니 다다다다 두두두두 기관총 소리가 뒤를 잇더라고. 나는 그 소리가 혹시 아일라네 동네 쪽에서 나는 소리는 아닌지 귀를 쫑긋 세워야 했지.

융단(carpet)

누나 남편 알리는 군인이었어. 아니, 우리는 아직 군대가 없었으니까 군인이라고 부르는 건 좀 이상한가. 그럼 뭐라고 부르는 게 좋을까. 무법자? 싸움꾼? 전사? 누나가 시집간 지 두 달 만에 집으로 돌아온 건 그 집에서 쫓겨나서 그런 게 아니었어. 누나 남편 알리가 갑자기 어딘가로 떠나는 바람에 그런 거였대.

뭐? 아니, 아니. 세상을 떠난 게 아니고 동네를 떠난 거지. 나쁜 사람들이랑 싸우러 갔다는 말이야.

그리고 어느 날 알리네 무리는 지대공 미사일이라는 걸 가지고 마을로 돌아왔어. 이, 지대공 미사일이라는 건 땅에서 하늘 위로 쏘아 올리는 미사일이야. 에르도안이 양옆에 공대지 미사일을 잔뜩 갖고 있는 것처럼 말이지. 옛날 어느 나라에서 전쟁을 하느라 마련한 무기였다는데 이제 그 나라는 전쟁을 안 하게 됐거든. 그 무기들이 흘러흘러 우리 동네까지 오게 된 거였다더군.

"우와, 멋지다! 나도 이다음에 크면 전사가 될 거야."

"안 돼."

누나가 말했어.

"절대 안 되지."

엄마도 맞장구를 쳤고 말이야. 그랬더니 다시 누나가 이런 말을 하는 거야.

"그건 알라께서 바라시는 일이 아니야. 무스타파, 너처럼 멍청한 애는 절대 무기를 손에 들면 안 돼. 알겠니?"

"왜? 나쁜 사람들이랑 싸우는 거라며."

"네가 그런 식으로 생각하니까 안 된다는 거야. 아무튼 너 같은 애는 절대로 안 돼."

"그럼 알라께서는 내가 뭐가 되기를 바라시는데?"

"글쎄, 목수가 되는 건 어떠니?"

"하지만 누나, 우리 동네에서는 이제 나무판자도 쇠붙이처럼 귀한 물건이 됐는걸. 그럼 대피소 파는 사람이 될까? 그건 집집마다 하나씩 없는 집이 없으니까."

"안 돼!"

"왜 안 돼?"

"그런 건 이제 필요 없어질 거야."

"왜?"

"꼭 그렇게 될 거야. 너는 몰라도 돼."

하지만 웬걸. 그런 대화를 나누고 열흘쯤 지나자 대피소 파는 일은 예전보다 훨씬 더 중요한 일이 되고 말았어. 알리 패거리가 드디어 사고를 치고 말았거든.

공습경보가 울리던 밤이었어. 에르도안 세 대가 로터 소리를 요란하게 울리며 우리 동네를 내려다보던 밤이었지. 폭탄이 터지는 소리는커녕 아직 총소리 하나 들리지 않던 고요한 밤에, 알리네 무리가 에르도안에서 비추는 빛을 피해 어두운 골목길로 조용히 숨어 들어갔대. 어깨에 지대공 미사일을 메고 말이야. 그리고 에르도안 조종사들이 마침내 먹잇감을 정하고 공대지 미사일을 막 쏘려는 순간, 골목 어딘가에서 불꽃 한 줄기가 솟구쳐 올랐어. 물론 지대공 미사일이었겠지. 그걸 신호로 다른 어딘가에서 지대공 미사일 두 발이 연달아 날아올랐대. 그 바람에 먹잇감을 노려보며 우리 동네 위를 아주 낮게 날고 있던 에르도안 세대가 미처 피할 틈도 없이 불길에 휩싸이고 말았지. 하늘 위에서 굉장히 시끄러운 소리가 울려 퍼지더니 곧 온 동네에 쩌렁쩌렁 메아리가 울렸어.

"떨어뜨렸다! 우리가 이겼다!"

어디선가 총소리가 들려왔어. 알리네가 하늘에 대고 쏘아대는 총소리라더군. 화가 나서 그러는 게 아니라 기뻐서 그러는 거라고 누나가 말했어. 하지만 누나는 별로 기뻐 보이지 않았지.

그날 이후로 우리는 에르도안이 하늘을 나는 모습을 더 이상 가까이에서 볼 수가 없게 됐어. 아니, 그렇다고 공습경보가 뚝 그쳤다는 건 아니야. 이제는 낮은 곳을 천천히 날아다니는 전투 헬리콥터 대신 하늘 저 높은 곳에서 아주 빠른 속도로 폭탄을 떨어뜨리고 달아나는 전투기들이 날아왔거든.

그런데 그 전투기들이 어찌나 빠르던지 공습경보가 울리고 한 삼십 초밖에 지나지 않았는데도 어느 샌가 크르릉크르릉 요란한 소리를 내면서 바로 우리 머리 위를 지나가고 있는 거야. 맨 처음 전투기가 우리 동네에 나타나던 날 우리 반 카림네 집에 폭탄이 떨어졌는데, 아빠가 다음 날 가봤더니 그 자리에 아무것도 남아 있는 게 없더래. 카림네 가족들도 전부 사라졌고 말이야.

생각해보면 내 평생 그해 연말이 제일 춥고 캄캄했던 것 같아. 해가 지고 나면 불 들어온 집이 하나도 없었거든. 전기는 물론 끊어진 지 오래였고, 한밤중에는 촛불 하나조차 켜두는 집이 없었어. 그랬다가는 그 집이 먼저 목표물이 될 테니까.

우리는 원래 있던 대피소를 좀 더 깊이 판 다음 하루 종일 그 안에서 시간을 보냈어.

"거봐. 대피소를 깊이 파라는 게 알라의 뜻이라니까."

"너 그러다 맞는다."

대피소 입구에 앉아서 밖을 내다보고 있으면 푸른 가을 하늘 위로 구름 한 점이 바람에 실려 빠른 속도로 지나가는 모습이 보이곤 했어. 평화유지군 장갑차가 사라진 뒤로는 아마 그게 우리 동네에서 제일 하얀 물체였을 거야. 하늘 위에 떠 있는 것도 우리 동네에 있는 거라고 말해도 되는지는 잘 모르겠지만 말이야. 하여튼 그걸 가만히 들여다보고 있자니 나가 놀고 싶은 생각이 점점 더 간절해지는 거 있지.

그 뒤로 사흘 동안 매일 밤 전투기가 날아와서 밤하늘을 요란하게 쪼개놓고 갔어. 대피소에 들어가서 귀를 틀어막고 있으면, 하늘에서 커다란 팔이 내려와서 문 두드리듯 대지를 탕탕 두드리는 소리가 들려오는 거야. 그 소리에 온몸이 텅텅 흔들렸어.

그리고 아침에 일어나 보면 누군가의 집이 있던 자리에 집 대신 커다란 구덩이가 생겨나 있었지. 집을 잃은 사람들을 걱정할 필요는 없었어. 구덩이가 생길 때 같이 사라졌을 테니까. 매일 밤 우리 반 누구누구가 세상에서 완전히 사라지던 나날이었는데, 뭐 딱히 슬프지는 않았지만 뭔가가 좀 이상했어. 내 몸속 어딘가에서, 아니면 머릿속이나 마음속 어딘가에서 뭔가 말로는 표현할 수 없는 이상한 느낌이 들곤 했는데, 그게 어떤 느낌인지는 정확히 잡아낼 수가 없더라고. 가려운 느낌인가. 배고픈 느낌인가.

하지만 한 가지는 분명했어. 만약 오늘 밤에 아일라네 집이 구덩이로 변한다면, 그것만은 진짜 큰일이 될 거라고. 다른 일은 다 그냥 받아들일 수 있지만 그 일만은 도저히 상상이 안 됐거든.

그러니까 그때 만약 나한테 지대공 미사일이 있었다면 말이야, 알리네가 갖고 있는 것보다 훨씬 더 높은 데까지 훨씬 더 빠른 속도로 날아가는 지대공 미사일이 있었다면 아마 나는 알라께서 뭐라고 말씀하시든 그걸 어깨에 메고 밖으로 뛰쳐나갔을지도 몰라. 뭐, 진짜로 그러지는 못했겠지만. 그래. 맞아. 진짜로 그러지는 못했겠지. 아무튼 그런 기분이었다고.

그런데 놀라운 게 뭔지 아니? 동네 전체를 무겁게 내리누르는 듯한 그 음울한 먼지바람 사이를 뚫고 아일라의 편지가 전해졌다는 거야.

그 편지를 보고 누나가 엄마한테 말했어. 그날 편지는 내가 미처 가로채지 못했거든.

"가족들은 모두 무사하냐는데요. 엄마 진짜 이 여자 몰라요?"

"글쎄. 친척인가. 아일라라는 이름을 가진 사람이야 많이 알지. 그런데 그 동네 사는 아일라를 내가 알던가. 답장은 쓸 거니."

"네. 뭐, 전해줄 사람 있을 때 써서 보내야겠죠."

나는 그 틈을 놓치지 않고 잽싸게 끼어들었지.

"나도."

"응?"

"무스타파도 무사하다고 꼭 좀 써줘."

지금 생각해보면 어떻게 그렇게까지 할 수 있었을까 하는 생각이 들어. 서쪽나라 사람들 말이야. 그렇게 노골적으로 죽이겠다고 달려들다니. '아 그럴 거면 차라리 한 번에 싹 쓸어버리지, 왜 찔끔찔끔 골라가며 죽이고 난리야.' 그런 생각이 들 때도 많았어.

하지만 더 소름끼쳤던 건, 나중에 어른이 되고 나서야 깨닫게 된 것들 때문이었어. 나중에 생각해보니까 그 사람들, 그 무렵에 말이야, 진짜로 우리를 한 번에 싹 쓸어버리려고 마음을 먹었을 거라는 게 거의 확실한 거 있지. 나중에 수십 년간 나이를 먹으면서 사람이 그런 못된 마음을 먹는 순간을 정말 수도 없이 봐왔거든. 상상 속의 이야기가 아니었다는 거야. 단지 누군가가 그걸 못 하게 막고 있었던 것뿐이었겠지.

그게 누구냐고? 글쎄. 우리 동네를 지키던 그 하얀 장갑차 같은 것들? 우리 눈에 직접 보이는 건 아니었지만 저 먼 곳 어디엔가 그런 수많은 하얀색 장갑차들이 서쪽나라 사람들을 붙들고 있었던 거였겠지. 그렇지 않다면 전투 헬리콥터나 폭격기가 아니라 서쪽나라 장갑차들이 골목 사이사이로 밀고 들어왔을 거야. 어쩌면 골목 사이사이가 아니라 아예 그 허름한 건물 위를 힘으로 깔아뭉개고 지나갔을지도 몰라. 그건 말이지, 그냥 추측이 아니라 우리 눈앞의 현실이 되기 바로 직전까지 갔던 정말로 아슬아슬하고 끔찍한 상상이었어.

사흘간의 폭격이 폭풍처럼 지나간 다음, 이틀 동안은 공습경보가 단 한 번도 울리지 않더라고. 몇 달 만에 처음 맞는 고요한 오후였지. 물론 사람들은 대부분 대피소 근처에 머물러 있었어. 그놈들 변덕은 믿을 게 못됐으니까.

　"서쪽나라 달력 갖고 있는 거 있어? 공휴일은 아닐 텐데 계속 조용하네."

　아빠 말에 엄마가 대꾸했어.

　"그러게요. 뭔가 더 큰일을 꾸미고 있는 게 아닐까요?"

　"글쎄. 그렇게 심하게 퍼부어댔으니 유엔에서 중재라도 한 게 아닐까. 아무튼 자치정부 사람들한테 물어봐야겠어. 금방 다녀올게요."

　조용한 시간이 길어지면서 사람들도 마음이 조금 느슨해졌는지 길가를 돌아다니는 사람들의 숫자가 하나둘 늘어나기 시작하더라고. 사흘씩이나 잔뜩 웅크리고 있었으니 먹을 걸 구하려면 한 집에 하나씩은 돌아다녀야 했겠지. 그래도 누나는 나를 절대로 바깥에 내보내려 하지 않았어. 나를 감시하는 건 자기 책임이라고 생각했던 모양이야. 누나는 내가 며칠 전부터 바깥에 나가 놀고 싶어 한다는 걸 잘 알고 있었거든. 그런 건 도저히 감출 수가 없는 나이였으니까.

　그리고 그날 오후에 아일라의 편지가 내 손에 도착했어.

······ 엄마가 그러는데 국제 정세가 좋아진 걸지도 모른대.

내일 내 생일이야. 축하해줘. 마음으로.

잘 지내.

그 편지 때문에 나는 나가 놀고 싶은 마음이 조금 더 간절해졌지. 아일라가 보고 싶었으니까.

"넌 또 어디로 도망치려는 거야?"

"도망은 무슨."

하지만 나는 자꾸만 조바심이 났어. 밖에는 말이야, 정말 아무 일도 안 일어나고 있었거든. 그냥 평화로운 오후였어. 사이렌 소리도 들리지 않고 화약 냄새도 나지 않는 오후. 평화로운 시간이 쌓여가고 있었고, 그 시간이 두텁게 쌓이면 쌓일수록 이제는 안전하다는 확신도 점점 더 굳어져만 갔지. 아무 근거 없는, 그저 눈앞에 떨어져 있는 증거들만 주워 모아서 얻어낸 확신 말이야.

대피소 입구를 통해 멍하니 하늘을 내다보고 있는데 자꾸만 평화가 쌓이는 게 눈에 보이는 것 같은 거야.

'저 정도면 진짜 충분히 쌓인 거 아닌가? 뭐가 무서워서 저렇게들 망설이는 거지? 사이렌이 울리면 다시 숨으면 되는 걸.'

그때 하늘에서 뭔가가 떨어지는 모습이 내 시야에 들어왔어. 아무 소리도 없이 아무런 경고도 없이 그야말로 느닷없이 들이

닥친 일이었지. 나는 잘못 본 게 아닌가 싶어서 정신을 똑바로 차리고 다시 한번 하늘 위를 올려다봤는데, 아무래도 그건 내가 잘못 본 게 아니었어. 한두 개가 아니었거든. 너무 짧은 순간이라 일일이 숫자를 셀 수는 없었지만, 언뜻 봐도 그건 오십 개가 넘어 보였어. 그리고 그걸로 끝이 아니었지. 시커먼 구름을 뚫고 점점 더 많은 수의 점들이 내 시야로 우르르 밀려들어오고 있었으니까.

나는 본능적으로 공습경보를 울려야겠다는 생각이 들었어. 그래서 이렇게 외쳤지.

"눈이다!"

그 소리를 들었는지 다른 집 대피소에 숨어 있던 아이들이 하나둘씩 바깥으로 고개를 내밀었어. 그리고 또 이렇게 외쳤지.

"눈이다!"

그렇게 공습경보가 퍼져나갔는데, 어디까지 퍼져나갔는지는 모르겠어. 아마도 동네 여기저기에서 나처럼 눈을 발견한 아이들이 자기만의 공습경보를 퍼뜨렸겠지. 어딘가 중간 지점쯤에서는 내가 퍼뜨린 공습경보가 다른 아이가 퍼뜨린 공습경보와 마주치기도 했을 거야.

누나가 말했어.

"눈 아니야. 저러다 그칠 거야."

"눈 맞는데."

"평생 이 동네에 살면서 눈 내리는 거 한 번도 못 봤다. 그렇죠, 엄마."

"누나 말이 맞아."

"하지만 저건 분명히 눈이야. 책에서 봤다고."

"곧 그친대도."

누나는 절대 내 말을 듣지 않았어. 아니, 별로 관심도 없었지. 눈발이 점점 더 강해졌는데도 말이야.

"저거 봐. 저게 눈 내리는 게 아니면 뭐야?"

"금방 녹을 거야."

"아니야."

"저쪽 하늘은 맑잖아. 그럼 곧 그치는 거야. 너 대피소에 들어가 있으랬지. 아빠 알면 큰일 난다."

하지만 말이야, 그건 정말로 눈이었어. 다른 아이들도 다 봤어. 눈이라고 소리쳤다고. 누나 말처럼 그러다 곧 그치고 말았지만.

대피소의 밤은 여전히 추웠지만 그날 밤에도 내내 사이렌 소리는 들리지 않았어. 잠이 들면 꿈속에서는 언제나 공습경보 사이렌이 엥 하고 울렸지만 말이지.

그날 밤 꿈에 나는 화이트 샤크를 봤어. 에르도안 말이야. 서쪽나라 사람들이 타고 다니는 칙칙한 색깔의 에르도안 말고 만화책에 나오는 진짜 새하얀 에르도안이었지. 이 세상에 아무리 많은 에르도안이 있다 해도 내 마음속의 진짜 에르도안은 오로지 그 한 대뿐이었거든. 6권에서 에르도안은 어떻게 됐을까.

그리고 다음 날 아침에 눈을 떴더니, 글쎄 그 일이 벌어진 거야.

"눈이다!"

나는 누나 귀에 바짝 붙어서 그렇게 소리를 질렀어.

"눈이라고!"

"알았다고."

"안 녹았다고!"

"알았어."

그건 진짜 누구도 아니라고 말할 수 없는 광경이었어. 영락없는 눈이었지. 다른 무슨 말이 필요했겠어. 누나조차 아무 말도 못 했다니까.

대피소 밖으로 고개를 내밀었더니 눈이 거의 한 뼘이나 쌓여 있는 거 있지. 우리 동네에서 제일 하얀 물건. 유엔 평화유지군 장갑차보다도, 『화이트 샤크』에 나오는 진짜 에르도안보다도 하얗고 폭신폭신한 눈. 그런 눈이 온 동네에 빈틈없이 빼곡하게 쌓여 있었던 거야.

"진짜 하얗다. 세상이 다 하얘."

나는 갑자기 좋은 생각이 떠올랐어.

"누나, 누나. 저 위에서 내려다보면 우리 자치구가 다 하얗게 보이겠지?"

"그렇겠지."

"어느 집이 어느 집인지 알아볼 수도 없겠지?"

"그렇겠지. 어차피 눈이 안 쌓여 있어도 못 알아볼 테니까."

"그러면 말이야……."

"뭐, 또?"

그러면 말이야, 어느 동네가 어느 동네인지도 알아볼 수 없을 거고 어느 나라가 어느 나라인지도 못 알아보지 않을까. 혹시나 전투기가 날아온다고 해도 어디에 폭탄을 떨어뜨려야 할지 알 수 없을 거고, 어쩌면 아예 우리 동네 자체를 찾지 못할 수도 있고 말이야.

물론 나는 그 말을 입 밖으로 꺼내지는 않았어. 누나가 말릴 게 분명했으니까.

어쩌면 말 같은 건 더 이상 필요하지 않았을지도 몰라. 내가 내 멋대로 만들어낸 그날의 예언에 따르면 그건 분명 알라의 뜻 이었거든. 평화가 충분히 쌓였다는 증거 말이야. 알라께서 내리 신 평화가 땅 위에 아무리 많이 쌓여 있어도 사람들이 도무지 믿을 생각을 안 하니까 알라께서도 답답하신 나머지 눈에 보이는 증거를 직접 내려주신 거지.

그래, 물론 말도 안 되지. 알라께서는 훨씬 더 복잡한 분이시니까. 나도 알았어. 그건 그냥 눈앞에 떨어진 세상의 얄팍한 껍질에 불과할 수도 있다는 걸 말이야. 그것만 보고 세상이 어떻게 변했는지 판단하기에는 너무나 얇고 자그마한 조각이었지. 하지만 사람이란 건 결국 눈앞에 놓인 그런 작은 확신 때문에 몸을 움직이는 존재 아니겠니. 매 순간 알라의 뜻에 따라 움직일 수는 없는 노릇이니까.

그러니까 그건 신의 계시였어. 마치 알라께서 내 귀에다 대고 이렇게 속삭이시는 것만 같았지.

'무스타파야. 어서 나가 놀아라!'

"네에에에에!"

나는 누나를 따돌리고 대피소 밖으로 뛰쳐나갔어. 누나가 다급하게 나를 뒤쫓았지만 얼마 못 가서 그만 눈길에 넘어지고 말았지. 이제 나를 막을 수 있는 건 아무것도 없었어.

나는 "눈이다! 하얀 눈이다!" 하고 미친 듯이 소리를 지르며 골목길을 뛰어다녔어. 길가에 서 있던 동네 어른들이 어서 집으로 돌아가라고 야단을 쳤지만 별 수 없었지. 왜냐하면 내가 소리치며 뛰어다니는 모습을 보고 온 동네 아이들이 대피소 밖으로 뛰쳐나왔거든. 나는 "평화가 왔어요!" 하고 소리쳤어. 다른 아이들도 나를 따라서 그렇게 소리를 질러댔지. 그게 무슨 뜻인지도 잘 모르고 말이야. 하지만 우리 눈에는 분명 그날이 평화유지군 장갑차처럼 새하얀 날로 보였거든.

그때였어. 막 대피소 밖으로 뛰쳐나온 내 또래 남자아이 하나가 이렇게 외치는 거야.

"국제 정세가 왔어요! 국제 정세!"

그 말을 듣자마자 내 머릿속을 빠르게 스쳐 지나가는 얼굴이 있었어. 왜 아니겠어. 옆 동네 아일라 말이야. 나는 아일라네 동네 쪽으로 달리기 시작했어.

아이들이 전부 길 밖으로 쏟아져 나오자 어른들도 조금은 긴장이 풀렸는지 하나둘씩 대피소 밖으로 고개를 내밀더라고. 그래서 아일라네 동네로 달려가는 길도 곧 예전처럼 붐비는 장터길이 되고 말았어. 그제야 동네 곳곳에 잔뜩 쌓여 있던 신의 평화가 어른들의 눈에도 보이기 시작한 것 같았지. 눈길 위에, 지붕 사이사이에, 어리둥절하게 서로를 바라보는 어른들의 표정 속에. 이제는 세상 곳곳에 평화의 증거가 널려 있는 게 보이기 시작한 거야.

그리고 그때, 아직 아무도 밟지 않은 하얀 눈밭 위로 고양이 한 마리가 경쾌한 발걸음으로 지나가는 게 보이더라고. 그걸 보는 순간 아일라가 글짓기 숙제로 지어낸 예언이 떠올랐어. 인간보다 고양이를 먼저 구원하실 거라는 말.

드디어 아일라네 집 앞에 다다랐을 때, 나는 목까지 숨이 차올라서 아일라를 보고도 인사조차 건넬 수 없을 지경이었어.

"뛰어왔구나."

아일라가 말했어. 나는 고개만 끄덕였지. 아일라는 그 자리에 가만히 서서 아무 말도 하지 않고 내 얼굴을 바라보았어. 내가 다시 말을 할 수 있을 때까지.

나는 간신히 숨을 돌리고 아일라의 두 눈을 바라보았어. 그리고 이렇게 말했지.

"생일 축하해."

"고마워."

그런데 그 말을 하고 나니까 할 말이 없는 거야. 아일라도 역시 아무 말이 없었지.

"국제 정세가 돌아왔대."

"응."

그러고 또 침묵. 그 자리가 얼마나 어색했던지 나는 곧 뒤로 돌아서고 말았어.

"갈 거야?"

"또 올 거야. 매일매일!"

한참을 달리다가 뒤를 돌아봤더니 아일라가 내 쪽을 보고 손을 흔들고 있었어. 무표정한 얼굴로 말이야. 아니, 어쩌면 호기심 가득한 얼굴이라고 해야 될지도 모르겠다. 나는 얼굴 가득 커다란 웃음을 머금고 다시 우리 집 쪽을 향해 마구 달려갔어. 꼭 달릴 필요는 없었지만, 그날은 왠지 그래야 할 것 같았거든. 아, 내 생애 가장 행복했던 순간이었으니까!

그런데 바로 그때였어. 우리 집까지는 아직 절반쯤밖에 가지 못했는데 어디선가 공습경보 사이렌이 낮게 퍼져나가기 시작하는 거야. 알라께서 내리신 평화의 증거 위로 새로운 증거들이 빠르게 쌓여갔어. 어찌나 순식간에 쌓여가던지 한마디 반박의 말조차 찾지 못할 정도였지.

애애애애앵 애애애애앵. 국제 정세는 돌아오지 않았습니다! 아직도 한참 멀었어요!

서쪽 하늘에서 요란한 소리가 들려오더군. 그리고 정말 눈 깜짝할 사이에 서쪽나라 전투기들이 우리 머리 위를 까맣게 뒤덮었어.

그해 겨울, 최후이자 가장 끔찍했던, 융단폭격이 있던 날의 생생한 기억이야.